言

东瑶

　　关于北京的诗歌，汗牛充栋。有学者认为《诗·大雅·韩奕》"奕奕梁山，维禹甸之，有倬其道"是歌咏北京的最早篇章，"溥彼韩城，燕师所完"，所以这里的韩城应该和燕国很近。不过前文说"庆既令居，韩姞燕誉"，所以该诗中的燕国更像姞燕，也称南燕，姞伯儵所立，旧址在今河南新乡延津一带。为了区别于姞燕，召公之后所建的燕国常常被称为北燕，以北京琉璃河为始封地，这个燕国才是北京文化的研究领域。

　　一些北京学的研究者喜欢引用荆轲"风萧萧兮易水寒，壮士一去兮不复还"；但易水按照现在的行政区划不属于北京。就笔者阅读范围，《燕刺王旦歌》是实实在在写北京的最早诗篇之一。北京地区作为诸侯国的国都或州郡府治所，曾被称为蓟城、燕国、广阳、渔阳、幽州、燕京、南京、中都、大都、北京、北平等，所以很多诗歌名篇的北京地域特色并没有引起读者多大注意，最为著名的像"前不见古人，后不见来者""燕山雪花大如席"……普通读者往往耽于其艺术的高妙，很少把它们和北京文化内涵挖掘联系起来。所以这本《古代诗歌中的北京》还是有启发意义的。

秦汉隋唐，北京地区只是中华大一统国家的边塞重镇，从《燕刺王旦歌》《渔阳民为张堪歌》《古诗十九首》开始，到魏晋南北朝，曹植、张华、刘琨、鲍照、陶渊明、王褒、庾信、卢思道等大诗人均有关于北京的名篇。"才综万代，博识无伦"的张华曾都督幽州，"枕戈待旦，闻鸡起舞"的刘琨亦曾在幽州作战。"初唐四杰"之一的卢照邻是北京人，陈子昂、张说、王之涣、高适都曾寓居北京，写下不少千古流传的杰作。唐代诗歌中，燕蓟、幽蓟、幽燕、幽州、渔阳等地名，还有蓟门、蓟丘、幽州台、轩辕台等遗迹，作为意象被反复吟咏，尤其代表盛唐气象的边塞诗非常丰富，体现了北京阔大昂扬的文化自信。

自辽金到元，北京地位逐渐上升为中国的政治中心、文化中心和国际化大都市，多民族的文化交融大大拓宽了中国诗歌的书写范围，关于北京或以北京为创作背景的诗作，极大丰富，元好问、耶律楚材、赵孟頫、鲜于必仁等均是其中翘楚。两宋士人中像欧阳修、刘敞、苏辙等访辽大臣，也写了不少关于辽南京的优秀作品，范成大关于金中都的写作异常出彩；南宋文天祥千古流传的《集杜诗》《正气歌》都作于北京；宫廷琴师汪元量长期留滞元大都，这期间他留下了大量被誉为"诗史"性质的乐章。

明代永乐之后，定都北京，文人荟萃，创作于此的诗歌像井喷一样。明诗台阁体的代表人物"三杨"（杨士奇、杨荣、杨溥）均在京为官，篇什甚夥。作为茶陵诗派的核心人物，李东阳生在北京长在北京，任职在北京最后也葬在北京。而与李东阳文学观点不同的李梦阳、何景明等"前七子"，也有在京为官的经历，正是他们在京相聚讨论，方有"文必秦汉，诗必盛唐"的文学复古运动。到了明嘉靖二十七年（1548），同样是在北京，考中进士的李攀龙、王世贞等人组建诗社，"后七子"继续影响文坛。大量应制诗、宫廷诗以《明宫词》为代表，记述帝王及其妃嫔们的宫廷生活，以及皇家苑囿的辉煌景致；更丰富的是士大夫之间交游酬唱，反映了客居于此的士人的日常生活，以及京城的民居风情，像于谦、杨继盛、李贽、戚继光等均有名篇传世。

清代，北京仍然作为首都，创作于此的诗篇车载斗量，应制诗、宫廷诗以《清宫词》为代表，更有大量皇家亲贵，以及各地来京士人吟咏北京风物，抒发怀抱者，专辑不少。诗坛盟主钱谦益、吴伟业、王士禛、沈德潜等均曾在北京长期任职，纳兰成德、翁方纲、萨哈岱、顾春、宝廷等生于北京长于北京，其后又有龚自珍、黄遵宪等诗坛巨擘居于北京，都留下了很多名篇。明清北京，出现了大量描写北京风物的竹枝词，有写节令年俗的，有写庙会风情的，有写市井百业、杂耍戏曲的，也有写名胜风光的，反映了北京文化的鲜活细节。

"诗可以兴，可以观，可以群，可以怨。""可以兴"，就是感发志意，希望读者阅读这个选本，能增加对北京的热爱。"可以观"，观风俗之盛衰，考见得失，本书即以独特的韵文史料的形式推动北京文化内涵的纵深挖掘。"可以群"，就是大家"群居相切磋"，扩大交流，提高北京文化的认同感与向心力。"可以怨"，孔安国注为"怨刺上政"，并非单单是个人机遇的不平则鸣，背后折射的正是我们念兹在兹的家国情怀，或者说是人们对于美好生活的向往，"乐土乐土，爱得我所"。

阅读关于北京的诗歌，不仅仅是为了唤起我们留连北京风物的诗意，还让读者看到一个个带着强烈感受的传统优秀士人的抱负与情怀。这样的北京，不仅仅是一座城，一个区域，更是一国之都，展示了多民族文化交融的中华之风的久远、博大，和生生不息。

2024 年 4 月 23 日

目录

魏晋南北朝诗十首

唐诗四十首

宋金元诗三十首

明清诗三十首

魏晋南北朝诗 十首

白马篇

曹植

白马饰金羁，连翩西北驰。

借问谁家子，幽并游侠儿。

少小去乡邑，扬声沙漠垂。

宿昔秉良弓，楛矢何参差。

控弦破左的，右发摧月支。

仰手接飞猱，俯身散马蹄。

狡捷过猴猿，勇剽若豹螭。

边城多警急，胡虏数迁移。

羽檄从北来，厉马登高堤。

长驱蹈匈奴，左顾陵鲜卑。

弃身锋刃端，性命安可怀。

父母且不顾，何言子与妻。

名编壮士籍，不得中顾私。

捐躯赴国难，视死忽如归。

——《先秦汉魏晋南北朝诗》魏诗卷六

作者简介

曹植（192—232），字子建，沛国谯县（今安徽亳州）人。曹操与卞皇后的第三子。曹丕继位称帝后，曹植屡遭贬爵和改换封地。黄初七年（226），曹丕病逝，曹叡继位，即魏明帝。曹植上《求自试表》，请求给予领兵建功的机会，未果，最后抑郁而终。谢灵运曾经说："天下才共一石，曹子建独占八斗。我得一斗，天下共分一斗。"这就是"才高八斗"的由来。其前期诗歌洋溢着乐观、浪漫的情调，以《白马篇》等为代表；后期诗风因为生活突变而转为微婉愤切，以《赠白马王彪》等为代表。钟嵘《诗品》对曹诗作出高度评价："骨气奇高，词彩华茂。情兼雅怨，体被文质，粲溢今古，卓尔不群。"

题解

建安十二年（207），曹植随父出击东胡、乌桓，北征柳城（今辽宁朝阳），其《求自试表》所谓"北出玄塞"即指此行。《白马篇》描写了一个弓马娴熟、英勇杀敌、视死如归的"幽并游侠儿"形象，正得自作者"北出玄塞"的实际经历。"边城多警急，胡虏数迁移。……长驱蹈匈奴，左顾陵鲜卑"，明确幽蓟地区是中原统一帝国的边城，是汉人和北方诸民族杂居交融的地方。

郭茂倩《乐府诗集》："白马者，见乘白马而为此曲。言人当立功、立事，尽力为国，不可念私也。"陈祚明《采菽堂古诗选》："'参差'，字泛。'左的''右发'，变宕不板。'仰手''俯身'，状貌生动如睹，而俯身句尤佳。'散马蹄'，'散'字活甚，有声有势，历乱而去，而马上人身容飘忽，轻捷可知。缀词序景，须于此等字法尽心体究，方不重滞。'弃身'以下，慷慨激昂。"

简注

[白马句] 金羁（jī），金饰的马笼头。连翩，连续飞翔，这里形容骏马奔腾的样子，曹植《名都篇》："连翩击鞠壤，巧捷惟万端。"

[幽并游侠儿] 幽，幽州；古代九州之一，《尔雅·释地》"燕曰幽州"，汉十三刺史部之一，治所蓟城，在今北京城西南广安门附近。并，并州；治所晋阳，在今山西太原西南。幽并地区，古属燕国、赵国，尚侠重义成为地方风气，尤其以荆轲刺秦为著。

[楛（hù）矢] 用楛木做成的箭。

[月支] 曹丕《〈典论〉自序》："夫项发口纵，俯马蹄而仰月支也。""马蹄""月支"，都是一种箭靶的名称。

[飞猱（náo）] 善于攀缘腾跃的猿猴。

[胡虏数（shuò）迁移] 指匈奴、鲜卑的骑兵经常入侵。胡虏，《文选》六臣本作"虏骑"，李善本作"胡骑"。

[羽檄（xí）] 紧急的军事文书。

[陵]《文选》李善本作"凌"，侵犯的意思。

[名编壮士籍]《文选》五臣本作"名在壮士籍"。

咏史诗八首（其六）

左思

荆轲饮燕市，酒酣气益震。

哀歌和渐离，谓若傍无人。

虽无壮士节，与世亦殊伦。

高眄邈四海，豪右何足陈。

贵者虽自贵，视之若埃尘。

贱者虽自贱，重之若千钧。

——《先秦汉魏晋南北朝诗》晋诗卷七

左思（约250—约305），字太冲，齐国临淄县（今山东淄博）人。泰始八年（272）前后，因其妹左棻被选入宫，左思举家迁居洛阳，官任秘书郎。晋惠帝时，左思是贾谧"二十四友"的重要成员。左思主张"美物者贵依其本，赞事者宜本其实"，撰《三都赋》，豪贵之家竞相传写，以致洛阳纸贵。

题解

《咏史诗八首》应该是左思早年诗歌，表达了他虽然饱有才学，谋求仕途却遭遇到种种坎坷的不平之意。陈祚明《采菽堂古诗选》说："太冲一代伟人，胸次浩落，洒然流咏。似孟德而加以流丽，仿子建而独能贵简。创成一体，垂式千秋。其雄在才，而其高在志。有其才无其志，语必虚矫；有其志而无其才，音难顿挫。"本诗赞誉荆轲，借以披露情怀。可参看《咏史诗八首》其二："郁郁涧底松，离离山上苗。以彼径寸茎，荫此百尺条。世胄蹑高位，英俊沉下僚。地势使之然，由来非一朝。"这是对魏晋门阀制的抨击。

简注

[荆轲四句]《史记·刺客列传》载："荆轲既至燕，爱燕之狗屠及善击筑者高渐离。荆轲嗜酒，日与狗屠及高渐离饮于燕市，酒酣以往，高渐离击筑，荆轲和而歌于市中，相乐也，已而相泣，旁若无人者。"燕国的都市，一般指蓟城。荆轲因为田光之荐，被

燕太子丹尊为上卿，后来赴秦国刺杀秦王政。"太子及宾客知其事者，皆白衣冠以送之。至易水之上，既祖，取道，高渐离击筑，荆轲和而歌，为变徵之声，士皆垂泪涕泣。又前而为歌曰：'风萧萧兮易水寒，壮士一去兮不复还！'复为羽声慷慨，士皆瞋目，发尽上指冠。于是荆轲就车而去，终已不顾。"这一景象感人至深，咏荆轲的诗历代不绝，此前像阮瑀，此后陶渊明、骆宾王等均有名篇。震，《文选》李善本作"振"。

[虽无句] 句意是荆轲刺秦虽然最终没有成功，但与世人相比已经非常了不起了。

[高眄句] 眄，看。邈，小。四海，即天下。豪右，世家大族。句意是抬眼看天下犹以为小，那世家大族哪里值得说呢。

[贵者四句] 句意是身居高位的世家大族虽然自以为了不起，在我眼里像尘埃一样轻，地位低下像荆轲、高渐离这样的落魄豪士，在我心中像千钧一样重。

重赠卢谌诗

刘琨

握中有玄璧，本是荆山璆。

惟彼太公望，昔在渭滨叟。

邓生何感激，千里来相求。

白登幸曲逆，鸿门赖留侯。

重耳任五贤，小白相射钩。

苟能隆二伯，安问党与仇。

中夜抚枕叹，相与数子游。

吾衰久矣夫，何其不梦周。

谁云圣达节，知命故不忧。

宣尼悲获麟，西狩涕孔丘。

功业未及建，夕阳忽西流。

时哉不我与，去乎若云浮。

朱实陨劲风，繁英落素秋。

狭路倾华盖，骇驷摧双辀。

何意百炼刚，化为绕指柔。

——《先秦汉魏晋南北朝诗》晋诗卷十一

作者简介

刘琨（271—318），字越石，出身中山大族刘氏，青年时与范阳祖逖为友，枕戈待旦，闻鸡起舞，志雄意豪。在洛阳时，他与石崇、陆机、陆云、潘岳、左思等号称"二十四友"。刘琨曾任并州刺史，任内安抚流民，发展生产，成为晋朝在中原少数几个存留的抵抗势力之一；后受石勒所迫，不得已放弃并州，到蓟城投奔幽州刺史鲜卑人段匹磾，希图联合对抗石勒。不久，刘琨的儿子介入了鲜卑内部族争，刘琨被段匹磾拘禁，最终遇害。

题解

刘琨被段匹磾拘禁，写诗勖勉卢谌不忘旧志。然而，卢谌的答诗并未体会到刘琨的深层意思；于是，刘琨再写了这首"托意非常，摅畅幽愤"的诗，希望卢谌劝诚感化段匹磾不计前嫌，与他共建大业，匡复晋室。钟嵘《诗品》评价刘琨诗："善为凄戾之词，自有清拔之气。"何焯《义门读书记》评价本诗："慷慨悲凉，故是幽并本色。越石时为匹磾所幽，故有白登、鸿门之语。前史所谓以张陈激谌者也。下二联则谓所志惟在兴复晋祚，比绩桓文，不计党仇，欲谌深达此意于匹磾，使其顾念前好，同奖王室，我终不以被幽为恨，如小白于管仲，何尝问从前射钩之事也。"此诗极力铺陈，以史咏怀，语意慷慨，尤其结尾两句将英雄失路的感慨表达得感人至深。

简注

[卢谌] 字子谅，晋代范阳人，其母与刘琨妻为姐妹，在晋先后任太尉掾、司空参军、主簿、从事中郎，随刘琨投奔幽州后被辟为幽州别驾。

[握中句]《晋书》《文选》作"幄中有悬璧"。玄璧、悬璧，用悬黎美玉做成的璧。璆（qiú），《晋书》作"球"，指美玉。荆山璆，即和氏璧。本句比喻卢谌的才质之美。

[惟彼句] 太公望，西周开国功臣姜尚，又称姜太公、师尚父、吕望、吕尚。他曾隐于渭水之滨，周文王遇到姜尚这个贤才，感慨说："吾太公望子久矣。"叟，老头。

[邓生] 指邓禹，东汉开国功臣，"云台二十八将"之首。他曾和刘秀一起游学京师，很看好刘秀的才干与抱负，所以后来听说刘秀安定河北，随即驱马追随。

[白登句] 白登，山名，在今山西大同东。曲逆，汉曲逆侯陈平。刘邦曾被匈奴围于白登山七天七夜，幸得陈平用奇计解围。

[鸿门句] 鸿门，地名，在今陕西临潼东。留侯，汉留侯张良。项羽在鸿门宴拟加害刘邦，幸亏张良事先谋划，早有防备，刘邦才得以脱险。

[重耳句] 重耳，晋文公。赵衰、狐偃、贾佗、先轸、魏犨等五位贤士曾随他逃亡，最后又帮他复国称霸。小白，齐桓公。相射钩，指任管仲为相。管仲本先辅佐公子纠，帮他与公子小白争

夺君位，管仲用箭射中小白带钩。小白急中生智，一边装死麻痹公子纠，一边暗中飞速进发，赶到齐国即位。小白即位后，不计前嫌，任管仲为相，终成一代霸业。

[二伯] 指齐桓公和晋文公。伯，同"霸"。

[吾衰句] 感叹自己年老力衰，不能成就功业。《论语·述而》："子曰：'甚矣吾衰也，久矣，吾不复梦见周公。'"

[谁云句] 谁说圣人因为达节知命而能够没有忧愁呢？

[宣尼句] 宣尼即孔丘，汉平帝追谥孔子为褒成宣尼公。鲁哀公十四年（前481）冬狩猎，捕获了一只野兽，孔子认出是麒麟，他说，麒麟本是瑞兽，却出现得不是时候，因而感叹："吾道穷矣。"

[知命故不忧]《晋书》作"知命故无忧"。

[朱实句] 朱实，红色的果实。句意是感慨自己已到暮年，不能经受时间打击了，像繁花和成熟的果实将坠落于强劲的秋风中一样。

[狭路句] 华盖，华丽的车盖。骇駬，狂奔的駬马。辀（zhōu），车辕。句意是在狭窄的路上翻了华丽的车子，马受惊折断了车辕，比喻世途险恶。

[何意句] 哪里想到千锤百炼的宝剑，却变为可以缠绕手指的柔软物体。

拟古诗九首（其二）

陶渊明

辞家夙严驾，当往志无终。

问君今何行，非商复非戎。

闻有田子泰，节义为士雄。

斯人久已死，乡里习其风。

生有高世名，既没传无穷。

不学狂驰子，直在百年中。

——《先秦汉魏晋南北朝诗》晋诗卷十七

陶渊明（365/372/376—427），名潜，字元亮，别号五柳先生，被誉为"隐逸诗人之宗""田园诗派之鼻祖"。苏轼评价他"作诗不多，然其诗质而实绮，癯而实腴，自曹、刘、鲍、谢、李、杜诸人，皆莫及也"。朱光潜认为陶渊明把日常生活诗化，静穆得伟大。而鲁迅认为看人要看整体，陶渊明并不是一味静穆，也有金刚怒目的一面，代表作便是《读〈山海经〉》《咏荆轲》等。龚自珍也曾有《己亥杂诗》："陶潜诗喜说荆轲，想见停云发浩歌。吟到恩仇心事涌，江湖侠骨恐无多。"

题解

《人海诗区·畿甸》收入此诗，题作"无终追怀田子泰诗"。

《拟古诗九首》组诗作于宋武帝刘裕代晋之后，主要抒写对易代之际世事多变、交情不终的感慨。"辞家夙严驾"托言远访高士田子泰的故乡，对节义高尚之士深表敬仰，批判那些趋炎附势、争名逐利者。

简注

[辞家句] 夙，早晨。严驾，整治车马，准备出行。志，一作"至"。无终，古县名，今属天津蓟州，另旧志载：古渔阳北有无终山。无终山的具体位置难有定论，一般认为是盘山。盘山，也称盘龙山，被誉为"京东第一山"，地处今天京津冀交会处。

[问君句] 商，经商。戎，从军。

[田子泰] 一作"田子春"，名畴，东汉右北平郡无终人。少时喜好读书，善击剑。汉初平年间，他受幽州牧刘虞派遣去长安觐见汉献帝。返回时，刘虞已被公孙瓒杀害，田畴到刘墓祭拜，被公孙瓒抓获。有人提醒公孙瓒，若杀害田畴会失去士人之心，所以田畴又被释放，隐居于徐无山。曹操北征乌桓时，礼遇田畴，田畴请为向导。曹军大胜后，四次封赏他，田畴坚辞不受。曹操评价田畴这个人："文雅优备，忠武又著……量时度理，进退合义。"

[狂驰子] 指为名利而疯狂奔走的人。

拟古诗八首（其三）

鲍照

幽并重骑射，少年好驰逐。

毡带佩双鞬，象弧插雕服。

兽肥春草短，飞鞚越平陆。

朝游雁门上，暮还楼烦宿。

石梁有余劲，惊雀无全目。

汉虏方未和，边城屡翻覆。

留我一白羽，将以分虎竹。

——《先秦汉魏晋南北朝诗》宋诗卷九

作者简介

鲍照（约414—466），字明远，家世贫贱，南朝刘宋时代临海王刘子顼镇荆州时，任前军参军，世称"鲍参军"，与颜延之、谢灵运合称"元嘉三大家"。他长于乐府，节奏错综多变，杜甫将他和庾信并列，评价说："清新庾开府，俊逸鲍参军。"刘熙载《艺概·诗概》评价他："慷慨任气，磊落使才，在当时不可无一，不能有二。"

题解

本诗明显受曹植《白马篇》的影响，但有更多细节描绘。鲍照生活的年代，正是鲜卑北魏力量强盛时期，北魏对刘宋频繁发起争战。此诗反映了诗人收复失地、安定边疆的愿望。

"幽并重骑射"，赵武灵王曾有胡服骑射的改革。燕国与赵国一样，与北方游牧民族地区相接，所以幽州骑兵建设很早，战国以来就很著名。尤其在东汉建国历程中，幽州骑兵的力量，起到举足轻重的作用。宋末徐钧咏名将吴汉："智谋勇略已过人，况拥幽州突骑兵。""云台二十八将"中，盖延、王梁、寇恂等均是燕蓟地区人士，在刘秀建立东汉过程中战绩彪炳。幽州骑射、幽州突骑等后来成为边塞诗的重要意象。

简注

[毡带句] 此句写幽并少年的装备，毡带上系着两个弓袋，装着象牙装饰的弓，雕绘的箭囊（服）里插着箭。鞬（jiān），马上

盛弓箭的器具。

[飞鞚（kòng）] 飞马奔驰。鞚，带嚼子的马笼头，代指马。

[石梁句] 石梁，石桥。箭射入石桥还有余劲，形容力大弓强。

[全目] 完整的眼睛。《帝王世纪》载：羿善射箭，一次打算射雀的左眼，结果误中右眼，他感到很羞愧。

[留我句] 白羽，一种箭的名称。虎竹，铜虎符和竹使符的并称，古代发兵遣使的凭信，铜虎符用以发兵，竹使符用以征调等。分虎竹就是毅然出征建功立业的意思。

代放歌行

鲍照

蓼虫避葵堇，习苦不言非。

小人自龌龊，安知旷士怀。

鸡鸣洛城里，禁门平旦开。

冠盖纵横至，车骑四方来。

素带曳长飙，华缨结远埃。

日中安能止，钟鸣犹未归。

夷世不可逢，贤君信爱才。

明虑自天断，不受外嫌猜。

一言分珪爵，片善辞草莱。

岂伊白璧赐，将起黄金台。

今君有何疾，临路独迟回。

——《先秦汉魏晋南北朝诗》宋诗卷七

题解

鲍照本诗讽刺世家贵族把持朝政，官场腐败，表达了诗人不与世俗同流的傲岸高洁。

宋郭茂倩《乐府诗集》卷三十八引《乐府解题》说："鲍照《放歌行》云'蓼虫避葵堇'，言朝廷方盛，君上好才，何为临歧相将去也。"方东树《昭昧詹言》卷六说："此诗极言富贵，斥讥蓼虫。盖愤懑反言，故曰'放歌'。《十九首》中《今日良宴会》，即此意也。"

简注

[代放歌行]《文选》卷二十八、《乐府诗集》卷三十八作"放歌行"。"放歌行"系乐府旧题，常用来表现感叹不遇或自励奋发的歌咏。"代"，拟、模仿的意思。

[蓼虫句] 意思是蓼（liǎo）虫习惯了泽蓼的苦味，遇到甜美的葵堇（jǐn），反而要避开。蓼，水蓼，一种草本植物，叶子味道辛辣。蓼虫，蓼草上生长的小虫，《楚辞·七谏》："蓼虫不知徙乎葵菜。"葵堇，一种野菜，叶味甜美，古人常常食用。

[龌龊（wò chuò）] 不干净，肮脏，形容人品恶劣。

[长飙] 暴风。

[华缨（yīng）] 华美的冠缨。

[夷世] 海晏河清的太平世界。

[一言句] 意思是一句话可采用，就能加官进爵，有一点儿特

长，就可以辞别乡野走进庙堂。珪（guī）爵，战国时楚爵有执珪，借指高贵的官职。

[岂伊句] 白璧赐，赏赐白璧。《史记·平原君虞卿列传》记载：赵孝成王一见虞卿即赏赐黄金百镒、白璧一双。黄金台，相传燕昭王所筑，置千金于台上，延请郭隗（wěi）为师。任昉《述异记》："燕昭王为郭隗筑台，今在幽州燕王故城中，土人呼为贤士台，亦谓之招贤台。"本篇是"黄金台"这个意象第一次入诗。燕王广招天下贤士，黄金台其实可以广泛理解为纳贤招才、筑坛拜将的象征，与后来常见的燕王台、昭王台、招贤台、燕台、幽州台、金台等同义。

从军行

宇文招

辽东烽火照甘泉，蓟北亭障接燕然。

水冻菖蒲未生节，关寒榆荚不成钱。

——《先秦汉魏晋南北朝诗》北周诗卷一

作者简介

宇文招（？—580），鲜卑人，北周宗室大臣，宇文泰第七子，参与灭亡北齐和讨伐稽胡，有战功，进位上柱国。后密谋诛杀权臣杨坚未果，全家遇害。他聪颖好文，庾信高度评价他："柱国赵国公发言为论，下笔成章，逸态横生，新情振起，风雨争飞，鱼龙各变。"

题解

宇文招诗当是写北方早春景象，有后来边塞七绝风味。

蓟北何指，未有定论，可以宽泛理解为幽蓟一带及以北地区，张正见《战城南》诗："蓟北驰胡骑，城南接短兵。"秦置蓟县，是广阳郡的治所，位于现在北京城西南部；汉时先后属于燕国、广阳国、广阳郡；魏晋时期属于燕国、燕郡；隋唐时期先后属于幽州、涿郡、范阳郡等，最终定名幽州。后来辽国接收"燕云十六州"，改"幽州"为"幽都府"，改"蓟县"为"蓟北县"；后又改称"南京幽都府"为"燕京析津府"，改"蓟北县"为"析津县"。完颜亮成为金朝国主，改"析津府"为"中都永安府"，次年再改为"大兴府"，并改"析津县"为"大兴县"，将"宛平县"与"大兴县"一道设置为金中都的附郭县。

简注

[从军行] 乐府旧题，内容多表现从军争战。王粲《从军诗五首》是现存最早以"从军诗"命题的完整的乐府诗，后人以"从

军诗""从军行"写边塞乐府，形成风气，以至"从军行""从军诗"成为边塞诗的代名词之一。

[亭障] 古代边塞要地设置的堡垒。

[燕然] 古山名，即今蒙古国境内的杭爱山。"蓟北亭障接燕然"，写出了北京北部燕山山脉与杭爱山之间亭障相接的地理与人文风貌。

[菖（chāng）蒲] 一种多年生草本植物。

[榆荚]《古乐府》作"榆叶"，也叫榆钱儿。

出自蓟北门行

徐陵

蓟北聊长望，黄昏心独愁。

燕山对古刹，代郡隐城楼。

屡战桥恒断，长冰堑不流。

天云如地阵，汉月带胡秋。

渍土泥函谷，按绳缚凉州。

平生燕颔相，会自得封侯。

——《先秦汉魏晋南北朝诗》陈诗卷五

徐陵（507—583），字孝穆，东海郡郯县（今山东郯城）人。南朝梁代诗人徐摛之子，梁简文帝萧纲为太子时，任东宫学士，后来任通直散骑常侍。太清二年（548），奉命出使东魏。随后江南发生侯景之乱，徐陵稽留邺城，长达七年之久。陈霸先建立陈朝后，徐陵任散骑常侍、御史中丞、吏部尚书等职，领大著作。他容止可观，性清简，为一代文宗，尝辑《玉台新咏》十卷。徐陵的创作以宫体诗及骈文著名，流丽轻艳，风靡一时。

题解

本诗情景交融，立意高远。"燕山对古刹"反映了佛教对于燕蓟地区广泛又深远的影响。沈榜《宛署杂记》记载蓟城西郊（今门头沟）灵泉禅寺："灵泉寺，在凌水村，起自汉时。"蓟城西郊（今门头沟）潭柘寺，初名"嘉福寺"，始建于西晋。北魏时期，燕蓟地区作为与凉州并列的两大佛教聚兴地之一，佛寺建造十分兴盛。根据文献记载和考古发现，随后东魏、北齐、北周几代在幽蓟之地均建有佛寺。据载，北齐高僧慧思大师（515—577）鉴于北周武帝灭佛焚经的教训，发愿刻石经藏于山中，后其弟子静琬法师承师托付，始刻石经。今天北京房山云居寺以珍藏石经著称。

简注

[代郡句] 一作"代郡倚城楼"。代郡，旧址在今河北蔚县代

王城。

[溃土句] 典出《后汉书》王元的话："元请以一丸泥，为大王东封函谷关。"

[挼绳句] 意为轻松夺回凉州城。挼（ruó）绳，搓绳子。凉州，今甘肃武威一带，土地寒凉，故名。汉武帝时改雍州曰凉州。

[燕颔] 东汉名将班超自幼有立功异域之志。相士说他"燕颔虎颈"，意即相貌威武，有封"万里侯"之相。颔，下巴。后班超奉命出使西域，官至西域都护，封定远侯。

出自蓟北门行

庾信

蓟门还北望，役役尽伤情。
关山连汉月，陇水向秦城。
笳寒芦叶脆，弓冻纻弦鸣。
梅林能止渴，复姓可防兵。
将军朝挑战，都护夜巡营。
燕山犹有石，须勒几人名。

——《先秦汉魏晋南北朝诗》北周诗卷二

作者简介

庾信(513—581),字子山,南阳新野人,出身南朝文化世家,曾任太子萧统的东宫讲读。他和徐陵才华横溢,文风绮靡,被世人称为"徐庾体"。承圣三年(554),庾信奉命出使西魏。庾信出使不久,梁国就灭亡了,他留在北方,空怀故国。庾信才名太高,受到北周高度礼遇,身居显贵,但常有思乡之情。因饱尝分裂时代特有的人生辛酸,其文风为之大变,"华实相扶,情文兼至,抽黄对白之中,灏气舒卷,变化自如",成为南北朝文学的集大成者。

题解

《出自蓟北门行》属乐府《杂曲歌辞》,庾信发挥乐府古题的意思,更难能可贵地融入了自己对于秦汉至魏周北方无休止战争的独特思考。站在蓟门北望,战场遗迹,触目伤情,一下子突破了时间和空间的局限,关山、陇水二句对仗极为工致。

结尾诘问句隐隐含着"凭君莫话封侯事,一将功成万骨枯"的意思。此处用典"燕然勒铭",东汉永元元年(89),窦宪率军大败匈奴后,班固撰《封燕然山铭》,在燕然山南麓勒石铭功,宣扬汉朝德威。2017年,在蒙古国中戈壁省发现的一处摩崖石刻,被中蒙两国联合考察队确认为班固所作。

简注

[蓟门] 蓟城的城门。

［役役］劳苦不息的样子。《庄子·齐物论》："终身役役，而不见其成功。"

［关山］关隘山口。《乐府诗集·木兰诗》："万里赴戎机，关山度若飞。"此处一说指陇山，又称陇坻、陇坂、陇首等。

［笳（jiā）］即胡笳，中国古代北方民族的一种类似笛子的吹奏乐器，传说张骞从西域带入。

［纻（zhù）］本义指苎麻。据《越绝书》载，勾践欲伐吴，种麻以制作弓弦。

［梅林］梅树林。刘义庆《世说新语·假谲》有望梅止渴的典故："魏武行役，失汲道，军皆渴，乃令曰：'前有大梅林，饶子，甘酸可以解渴。'士卒闻之，口皆出水，乘此得及前源。"

［复姓］泛指北朝将领。北朝民族多复姓，北朝时期一些汉人也改为鲜卑的复姓姓氏。

［燕山］燕然山，今蒙古国境内杭爱山，东汉窦宪领兵大破北匈奴刻石勒功之处。

拟咏怀诗二十七首（其十）

庚信

悲歌度燕水，弥节出阳关。

李陵后此去，荆卿不复还。

故人形影灭，音书两俱绝。

遥看塞北云，悬想关山雪。

游子河梁上，应将苏武别。

——《先秦汉魏晋南北朝诗》北周诗卷三

题解

清代倪璠在《庾子山集》本题下注云："昔阮步兵（阮籍）《咏怀诗二十七首》，颜延年以为在晋文代虑祸而发。子山拟斯而作二十七篇，皆在周乡关之思，其辞旨与《哀江南赋》同矣。"而近人余冠英《汉魏六朝诗选》认为："《艺文类聚》无'拟'字。这些并非摹仿阮籍，加'拟'字是错误的。阮诗寄易代之感，庾述丧乱之哀，各有千秋，不相高下。"

本诗以自己羁留北方的心情去体会李陵当初陷于匈奴的处境，又借抒写李陵身陷塞外的心境寄托自己踟蹰异域、遥念故国的哀思，稽留北地，音书隔绝，主调非常清楚——自己永远也不能回到故土了，苍劲悲壮、慷慨沉雄，语言洗练、对仗工稳，极具匠心。

简注

[悲歌句] 暗用荆轲典故。燕水，一作"易水"，又作"辽水"。

[弭节出阳关] 化用李陵率兵出塞的典故。弭节，马车徐行，《离骚》："吾令羲和弭节兮。"阳关，古关名，在今甘肃敦煌西南，玉门关之南，为出塞必经之地。倪璠认为"弭节犹持节也"，即持节出使的意思。

[关山雪] 一作"天山雪"。

[应将苏武别] 化用传为李陵与苏武诗句"携手上河梁，游子暮何之"。

唐诗

四十首

举杯邀月　黄年

送幽州陈参军赴任寄呈乡曲父老

卢照邻

蓟北三千里，关西二十年。

冯唐犹在汉，乐毅不归燕。

人同黄鹤远，乡共白云连。

郭隗池台处，昭王樽酒前。

故人当已老，旧壑几成田。

红颜如昨日，衰鬓似秋天。

西蜀桥应毁，东周石尚全。

灞池水犹绿，榆关月早圆。

塞云初上雁，庭树欲销蝉。

送君之旧国，挥泪独潸然。

——《卢升之集》卷三

卢照邻（约637—约686），幽州范阳人，号幽忧子，自比司马相如，曾留连四川，放旷诗酒，与王勃酬唱。后来感染风疾，从孙思邈问医道，服药中毒，遂得痼疾，去官隐居。不堪病痛折磨，投颍水而死。卢照邻工诗歌、骈文。七言古诗以《长安古意》与《行路难》为代表，境界开阔，气势壮大，笔调从容，在声律对仗上反映了诗风转变期的艺术特点。

题解

《送幽州陈参军赴任寄呈乡曲父老》多用燕蓟风物为典。"蓟北三千里，关西二十年"，言家乡偏远，自己离家已久；"冯唐犹在汉，乐毅不归燕。人同黄鹤远，乡共白云连"，言谋身不遂，有家不能归，乡思何能止。郭隗池台，当是黄金台（幽州台）旧址。"故人当已老，旧壑几成田。红颜如昨日，衰鬓似秋天"，果然物是人非。后面几句以西蜀桥、东周石、灞池水和榆关月，带出深沉的历史悲剧意识。最后两句直抒胸臆，将送别的伤感和世事沉浮的感慨一并写出。

简注

[乡曲] 乡里，常指穷乡僻壤。

[关西] 秦汉时期，普遍用崤山谷地的函谷关、大散关作为区分东、中、西三大地域的界标，分别称函谷关以东谓关东，函谷关与大散关之间谓关中，大散关以西谓关西。

[冯唐] 冯唐历仕汉文、景、武三帝，因为耿直而"不知忌讳"，年老仍官位低微，武帝时举贤良，他却已九十多岁。后世用"冯唐易老"作怀才不遇、沉沦下僚的典型。

[乐毅] 乐毅，中山人，贤而好兵，辅佐燕昭王。陈子昂《感遇诗三十八首》其十六："燕王尊乐毅，分国愿同欢。"前284年，乐毅统率燕国等五国联军攻打齐国，连下七十余城；燕昭王死后，他受燕惠王猜忌，无奈投奔赵国。

[西蜀桥] 或指秦蜀栈道，开凿于春秋末期。楚汉相争时，刘邦为了麻痹项羽，撤出关中回军巴蜀的时候，一路烧掉走过的栈道，以示自己不打算出来争夺天下。又李云逸《卢照邻集校注》认为，此处指升仙桥，在成都城北。

[东周石] 字面意思是东周时期遗留下来的石碑或石条、石柱，具体典故不详。据载，秦惠文王想攻伐蜀国，因道路艰难，无路可通。所以"刻石为牛五头，置金于后"，哄骗蜀王这头牛能够屙黄金，源源不绝。秦惠文王表示愿将这石牛送给蜀国，永结同好。蜀王为将石牛运回，开凿出一条从咸阳到成都的通道，"号曰石牛道"，又名金牛道。前316年，秦惠文王派张仪等人率兵从金牛道伐蜀。

[灞池] 池名，因在汉文帝陵墓霸陵上而得名。枚乘有《临霸池远诀赋》，霸池即灞池，可知早在汉代，灞池即为送别之地。

[榆关] 古关名，一般指山海关。

[潸然] 流泪的样子。

登幽州台歌

陈子昂

前不见古人，后不见来者。

念天地之悠悠，独怆然而涕下。

——《全唐诗》卷八十三

作者简介

陈子昂（约659—约700），字伯玉，梓州射洪（今四川射洪）人。年轻时慷慨任侠，成年后发愤读书。调露元年（679），陈子昂出三峡，北上京城长安，参加科举，落第。永淳元年（682），陈子昂再次入京应试，考中进士，后升右拾遗，世称"陈拾遗"。垂拱二年（686），陈子昂随左补阙乔知之北征。万岁通天元年（696），陈子昂又随建安王武攸宜大军出征，平定契丹叛乱。陈子昂是初唐到盛唐诗风转变的关键人物，纪昀《四库全书总目》："唐初文章，不脱陈、隋旧习，子昂始奋发自为，追古作者。韩愈诗云：'国朝盛文章，子昂始高蹈。'柳宗元亦谓：'张说工著述，张九龄善比兴，兼备者子昂而已。'"陈子昂《修竹篇序》明确提出诗歌的风骨和兴寄问题，文章说："文章道弊五百年矣。汉魏风骨，晋宋莫传，然而文献有可征者。仆尝暇时观齐、梁间诗，彩丽竞繁，而兴寄都绝，每以永叹。……见明公《咏孤桐篇》，骨气端翔，音情顿挫，光英朗练，有金石声。"

题解

这是陈子昂随军出征契丹，凭吊幽州台时所写。卢藏用《陈子昂别传》记载："子昂体弱多疾，感激忠义，常欲奋身以答国士。自以官在近侍，又参预军谋，不可见危而惜身苟容。他日又进谏，言甚切至，建安谢绝之，乃署以军曹。子昂知不合，因箝默下列，但兼掌书记而已。因登蓟北楼，感昔乐生、燕昭之事，赋诗数首。乃泫然流涕而歌曰：……时人莫不知也。"

本诗在深沉的感慨中寄寓着报国立功的渴望，境界开阔，音调悲壮。表达了知识分子遭遇困厄、孤独寂寞的真实情感，这种悲哀常常是为遭遇不合理处境的人所共有，因而千百年来引起无数读者的共鸣。"古人"本指励精图治、广纳贤才、知人善用的燕昭王；"来者"，指的是和燕昭王一样的贤君明主。本诗意旨和《蓟丘览古赠卢居士藏用七首·燕昭王》基本相同，但用典不着痕迹，所指的含混性建构了更大的时间与空间，让读者有一种强烈的代入感，因此更脍炙人口。

简注

［幽州台］即黄金台、燕台、蓟丘。

［怆（chuàng）然］悲伤凄恻的样子。

登蓟丘楼送贾兵曹入都

陈子昂

东山宿昔意，北征非我心。

孤负平生愿，感涕下沾襟。

暮登蓟楼上，永望燕山岑。

辽海方漫漫，胡沙飞且深。

峨眉杳如梦，仙子曷由寻。

击剑起叹息，白日忽西沉。

闻君洛阳使，因子寄南音。

——《全唐诗》卷八十三

题解

首句兼用周公与谢安典故。以周公东征为历史背景的《诗·豳风·东山》："我徂东山，慆慆不归。"《晋书·谢安传》载，谢安早年曾辞官隐居会稽之东山，经朝廷屡次征聘，方从东山复出，成为东晋一代名臣。本诗"北征"当是实指陈子昂随建安王武攸宜北征，在燕蓟旧地"历观燕之旧都"，于是写下了《登幽州台歌》《蓟丘览古赠卢居士藏用七首》，以及本诗等。

诗中将有心杀敌、无力回天的凄凉以"感涕下沾襟"的悲痛作结，"击剑起叹息，白日忽西沉"感慨尤深。击剑句袭用鲍照《拟行路难》："对案不能食，拔剑击柱长叹息。丈夫生世会几时，安能蹀躞垂羽翼。"白日句袭用曹植《赠白马王彪》："原野何萧条，白日忽西匿。归鸟赴乔林，翩翩厉羽翼。"以及阮籍《咏怀》："朝阳不再盛，白日忽西幽。去此若俯仰，如何似九秋。"南音，双关，既实指自己是南方人，又用楚囚南音典故表达自己忠心报国的赤诚情怀。所以这首诗虽是怀才不遇的送别之作，却绝不消沉，体现了唐诗的青春气象。

简注

[东山] 会稽东山，是东晋谢安的归隐之地。后常指隐居或游憩之地。

[蓟楼] 蓟丘上有楼，称作蓟楼、蓟丘楼、蓟北楼、蓟城西北楼。陈子昂《登蓟城西北楼送崔著作融入都》，开头便是："蓟楼

望燕国，负剑喜兹登。"

[辽海] 泛指辽河流域以东至海地区。

[胡沙]《陈拾遗集》作"边沙"。

[峨眉] 峨眉山。东晋葛洪《抱朴子》载："黄帝……到峨眉山见天真皇人于玉堂，请问真一之道。"

[南音] 南方的音乐。春秋时楚国郧公钟仪被俘虏后，演奏南音表示不忘故国。唐代刘驾《久客》："南音入谁耳，曲尽头自白。"

感遇诗三十八首（其三十四）

陈子昂

朔风吹海树，萧条边已秋。

亭上谁家子，哀哀明月楼。

自言幽燕客，结发事远游。

赤丸杀公吏，白刃报私仇。

避仇至海上，被役此边州。

故乡三千里，辽水复悠悠。

每愤胡兵入，常为汉国羞。

何知七十战，白首未封侯。

——《全唐诗》卷八十三

题解

《感遇诗三十八首》是陈子昂的代表作，朱熹评价说："予读陈子昂《感遇诗》，爱其词旨幽邃、音节豪宕，非当世词人所及。如丹砂空青、金膏水碧，虽近乏世用，而实物外难得自然之奇宝。"方回《瀛奎律髓》："陈拾遗子昂，唐之诗祖也。不但《感遇诗三十八首》为古体之祖，其律诗亦近体之祖也。"

此诗借一位幽燕游侠的仕途失意，来表现自己的壮志未酬。"幽燕客"侠士豪情，胸怀大志，辞家远游以求建功立业。面对胡兵入侵，主将昏庸无能，羞愧神伤。主将武攸宜刚愎自用，又"无将略"，以致唐兵大败。陈子昂出谋献策，均不被武氏采纳。本诗抨击了当时主将误国，也寄寓"幽燕客"怀才不遇的感慨，因而朱熹评此诗"词旨幽邃"。

简注

[结发] 古时男子二十岁结发而冠，以示成人。

[赤丸] 红色的弹丸。《汉书·酷吏传·尹赏》："永始、元延间，上怠于政，贵戚骄恣……长安中奸猾浸多，闾里少年群辈杀吏，受赇报仇，相与探丸为弹，得赤丸者斫武吏，得黑者斫文吏，白者主治丧。"

[白刃报私仇]《陈拾遗集》作"白日报私仇"。

[七十战] 用李广难封的典故，《史记·李将军列传》载：李广作战骁勇，深得士卒拥戴，号称"飞将军"，曾随大将军卫青

出击匈奴。因为迷路，受到卫青派员质问。李广对他的部下说："广结发与匈奴大小七十余战，今幸从大将军出接单于兵，而大将军又徙广部行回远，而又迷失道，岂非天哉！且广年六十余矣，终不能复对刀笔之吏。"于是愤而自杀。

幽州夜饮

张说

凉风吹夜雨，萧瑟动寒林。

正有高堂宴，能忘迟暮心。

军中宜剑舞，塞上重笳音。

不作边城将，谁知恩遇深。

——《全唐诗》卷八十七

张说（667—731），字道济，一字说之。据《新唐书·宰相世系表》载，出身范阳张氏。永昌元年（689）举进士；睿宗时，进同中书门下平章事，监修国史；玄宗开元元年（713）拜中书令，封燕国公，是推动"开元之治"的一位重要人物。为文属思精壮，朝廷大述作多出其手，与苏颋（袭爵许国公，亦曾拜相）并称"燕许大手笔"。

题解

张说与姚崇关系不睦。姚崇拜相后，张说被贬相州，再贬岳州，经苏颋进言，张说改任荆州长史。不久，张说又改任右羽林将军，兼检校幽州都督。本诗据唐汝询《唐诗解》卷三二："此有不乐居边意。……不作边将，安知天子宠遇乎？自宽之词也。"卢麰、王溥《闻鹤轩初盛唐近体读本》卷二评曰："满腔萧瑟之感。五六'剑舞''笳音'，亦见止此或堪自遣耳。结故激言边城不若内臣之恩遇，章法最有开拓。"

诗的首联营造出北地凉风夜雨、寒林萧瑟的氛围，颔联笔锋一转，写高堂宴会，暂忘英雄迟暮心情。颈联的解读需要跳出字面，诗人想要表达的是边地军府中只有粗犷的剑舞和笳音。尾联表面的含义是边城将领得以观舞赏乐全赖君主恩惠，实则是发牢骚，正如诗评所言为"自宽之词"。

简注

[高堂宴] 在高大的厅堂举办宴会。

[迟暮心] 因衰老引起凄凉暗淡的心情。迟暮，本指黄昏，此处比喻暮年、衰老。

[边城将] 张说时任幽州都督，相对唐代京城长安来说，幽州确实是东北边城。

幽州元日

张说

今岁元日乐，不谢往年春。

知向来心道，谁为昨夜人。

——《全唐诗》卷八十九

本诗题目一作"元朝",简单别致而颇有哲理,充分表达了时间流逝带给人的独特心理感受。昨天还是旧年,今天已然是新年了,岁时风物焕然一新,将人也带进了新的时空、新的心境。明人胡震亨评价张说的诗:"张燕公说诗率意多拙,但生态不痴。律体变沈、宋典整前则,开高、岑清矫后规。"

简 注

[元日] 正月初一,中国传统农历第一天。

[不谢] 不亚于。

幽州别阴长河行先

张说

惠好交情重，辛勤世事多。

荆南久为别，蓟北远来过。

寄目云中鸟，留欢酒上歌。

影移春复间，迟暮两如何。

——《全唐诗》卷八十七

题解

阴行先是张说的妹夫，二人多有吟咏唱和。此诗中既写游宦之苦，人生不定的感慨；又叹人生迟暮，以"云中鸟"抒怀明志。感叹寂寥中又呈现一种温暖和洒落！

胡应麟评价张说与张九龄的五言律诗："大概相似于沈、宋、陈、杜，景物藻绘中，稍加以情致，剂以清空，学者间参，则无冗杂之嫌，有隽永之味。然气象便觉少隘，骨体便觉稍卑。品望之雌，职此故耶？"沈、宋、陈、杜分别指沈佺期、宋之问、陈子昂、杜审言。

简注

[阴长河行先] 即阴行先，曾任长河令，张说被贬岳州、荆州时，阴行先常陪吟咏。岳州和荆州在荆楚之南，所以本诗有"荆南久为别，蓟北远来过"的句子。《幽州新岁作》还有所谓"去岁荆南梅似雪，今年蓟北雪如梅"，当都是实景。

[惠好] 交谊友好。《诗·邶风·北风》："惠而好我，携手同行。"《毛传》："惠，爱也。"

九日送别

王之涣

蓟庭萧瑟故人稀，何处登高且送归。

今日暂同芳菊酒，明朝应作断蓬飞。

——《全唐诗》卷二百五十三

作者简介

王之涣（688—742），《唐才子传》载："王之涣，蓟门人，少有侠气，所从游皆五陵少年，击剑悲歌，从禽纵酒。后折节工文，十年名誉日振。"然其书称王之涣为蓟门人恐有误，一般认为他出身太原王氏，后来移家绛州（今山西新绛）。20世纪30年代，河南洛阳北邙山出土王之涣墓志，全称为《唐故文安郡文安县尉太原王府君墓志铭并序》。王之涣的诗多被当时乐工制曲歌唱，名动一时，与王昌龄、高适、岑参并称为唐代"四大边塞诗人"。

题解

王之涣曾任文安（今河北中部）县尉，该地属于幽蓟地区。此诗当为其任职期间与友人于重阳节登高饮酒时的赠别之作。诗人抓住时节特点，营造"萧瑟"的意境、凄凉的氛围。用"何处"问语强调，以今日明朝的对比，援"且""暂""应"等虚词，一波三折地表达出离别之无奈，反衬友人交谊深厚。

简注

[九日] 即农历九月九日，因九是阳数，故也称"重阳节"。

[菊酒] 菊花酒，以菊的花、茎、叶加米酿造的酒，九月九日熟成而饮。古代重阳有登高、饮菊花酒的习俗。

[断蓬] 断梗飞蓬，比喻漂泊无定。

同张将蓟门观灯

孟浩然

异俗非乡俗，新年改故年。
蓟门看火树，疑是烛龙燃。

——《全唐诗》卷一百六十

孟浩然（689—740），号孟山人，襄州襄阳（今湖北襄阳）人，世称"孟襄阳"。他不媚俗世，曾修道归隐于鹿门山。陈贻焮评价说："李、杜、王维都很敬仰孟浩然。很显然，除了人品，他们也不可能不多少受到这位开风气之先的前辈诗人的启发和影响，不可能不对他的成就表示应有的尊重。"后人常常把孟浩然与盛唐另一山水诗人王维并称为"王孟"。

题解

张说于诗文倡风骨，重意蕴。他三度为相，掌文学之任凡三十年，位高望隆，推藉后进，张九龄、贺知章、王翰、孟浩然等皆蒙其奖掖。孟浩然名作《望洞庭湖赠张丞相》（"气蒸云梦泽，波撼岳阳城"）便是写给张说的。张说在幽州召孟浩然共游，孟浩然到蓟门春节看灯，写下了这首反映幽州生活气息的篇章。《孟浩然集》题作"同张将蓟门看灯"。

简注

[蓟门] 蓟城城门，在今北京城西南。另一说在德胜门外。蒋一葵《长安客话·古蓟门》云："京师古蓟地，以蓟草多得名……今都城德胜门外有土城关，相传是古蓟门遗址，亦曰蓟邱。"

[火树] 装饰着灯火的树。苏味道《正月十五夜》："火树银花合，星桥铁索开。"

[烛龙] 古代神话传说中的山神，人面蛇身，身长千里，浑身

红色，眼睛竖长，开眼为昼，闭眼为夜。《楚辞·天问》："日安不到，烛龙何照？"王逸注："言天之西北有幽冥无日之国，有龙衔烛而照之也。"古时候有祭烛龙的习俗，和张说、孟浩然大致同时的张九龄有诗《奉和圣制烛龙斋祭》。

古 意

李颀

男儿事长征，少小幽燕客。

赌胜马蹄下，由来轻七尺。

杀人莫敢前，须如猬毛磔。

黄云陇底白雪飞，未得报恩不能归。

辽东小妇年十五，惯弹琵琶解歌舞。

今为羌笛出塞声，使我三军泪如雨。

——《全唐诗》卷一百三十三

李颀（约690—约753），赵郡（治今河北赵县）人，曾长期寓居颍阳（今河南登封西），开元二十三年（735）登进士第，曾任新乡县尉，因长久不能升任，晚年辞官回东川隐居。李颀一生交游很广，边塞诗成就最大，与王维、王昌龄、高适等关系密切。

题解

这是一首拟古诗，神形兼具、简洁有力地刻画了一个在边疆从军、刚勇犷悍的"幽燕客"形象。他生于自古多慷慨悲歌之士的幽蓟地区，向来不把七尺之躯看得过重。"杀人莫敢前，须如猬毛磔"，表现出他驰骋疆场、奋勇杀敌时须髯怒张的神态。

张文荪在《唐闲清雅集》中评论本诗："奇气逼人，下忽变作凄苦音调，妙极自然。"随后出现"辽东小妇"的形象，由她而引出"羌笛出塞声"，使得全诗侠骨中还有柔情。

简注

[赌胜句] 赌胜，较量胜负。马蹄下，驰骋疆场的意思。七尺，古代指成年人的身高，常代指身躯，南朝沈约《齐太尉王俭碑铭》："倾方寸以奉国，忘七尺以事君。"

[磔（zhé）] 纷张。

[黄云句] 黄云，战场上升腾飞扬的尘土。陇，泛指山地。白雪飞，一作"白云飞"。

[羌笛] 古代西北地区的少数民族羌人常吹的笛子。

古塞下曲

李颀

行人朝走马，直指蓟城傍。

蓟城通漠北，万里别吾乡。

海上千烽火，沙中百战场。

军书发上郡，春色度河阳。

袅袅汉宫柳，青青胡地桑。

琵琶出塞曲，横笛断君肠。

——《全唐诗》卷一百三十二

题解

前四句写万里辞家，远赴边塞。中间四句写边地见闻，通过对比表现战争的频繁，"军书""春色"，本为静物，"发""度"二字化静为动，使诗句顿变鲜活，气势飞动，表现出战事的急切迅疾。最后四句声色结合，寓情于景，以乐景衬哀情，"断君肠"直接抒发忧伤苦楚、悲哀至极之情，更突显出战争之悲。全诗格调苍凉，音乐色彩很强，诚如《河岳英灵集》所评："发调既清，修辞亦秀"，"足可歔欷，震荡心神"。

"蓟城通漠北"写出了蓟城，也就是今天北京，中原农耕文明与草原游牧文化相交融的地缘特征。"胡地桑"，来自曹植《艳歌行》："出自蓟北门，遥望胡地桑。枝枝自相值，叶叶自相当。"古代燕蓟地区从东汉就开始了植桑的传统。

简注

[塞下曲] 唐代新乐府题，多写边塞之事。此篇是仿古之作，故称"古塞下曲"。

[上郡] 古代郡名，据传战国时期魏文侯所置，郡治在肤施县（今属陕西榆林）。

塞下曲四首（其一）

王昌龄

蝉鸣空桑林，八月萧关道。

出塞入塞寒，处处黄芦草。

从来幽并客，皆共尘沙老。

莫学游侠儿，矜夸紫骝好。

——《全唐诗》卷一百四十

王昌龄（？—756），字少伯，京兆长安（今陕西西安）人。开元七年（719）冬，王昌龄开始漫游。从长安启程，途经嵩山、幽州，到并州。开元十五年，进士及第。二十七年，因事被贬谪岭南，后被任命为江宁（今江苏南京）县丞，在江宁数年，受谤被贬为龙标（今湖南洪江西）县尉。安史之乱起，王昌龄为濠州刺史闾丘晓所害。王昌龄的诗歌气势雄浑，圆润蕴藉，音调婉转，稍后的边塞诗人岑参说他"天才流丽，音唱疏远"，世有"诗家夫子王江宁""七绝圣手"之誉。

题解

本诗前四句悲秋，诗人笔下的边塞秋景苍凉，有建安遗韵。许多满怀宏图大志的年轻人把"宁为百夫长，胜作一书生"作为人生信条，却面临着"皆共尘沙老"的无奈结局。这两句与曹植"幽并游侠儿"、吴均"幽并游侠子"反其道而用，带着反战的意蕴，融入了更强的个体生命的思考，与王翰"醉卧沙场君莫笑，古来征战几人回""归来饮马长城窟，长城道傍多白骨"异曲同工。

简注

[空桑] 古代中国传说中的山名，因山上有大片桑林而得名，又传说是商代名贤伊尹的出生地，属于古九州之一的兖州。《楚辞·九歌·大司命》："君回翔兮以下，逾空桑兮从女。"此处"空桑林"也可能是写桑叶落、林空疏的实景。

［萧关］古关塞名。秦萧关在今甘肃环县，汉萧关在今宁夏固原。

［矜夸］自矜夸耀。

［紫骝］紫红色的骏马。

寄穆侍御出幽州

王昌龄

一从恩谴度潇湘，塞北江南万里长。
莫道蓟门书信少，雁飞犹得到衡阳。

——《全唐诗》卷一百四十三

题解

王昌龄存诗近二百首，主要是五古和七绝，题材则主要为离别、边塞、宫怨三类。王昌龄的送别诗，不落窠臼，往往不写伤离，而着意别后的情景，以慰别为主，无恭维之意。

王昌龄被贬岭南途中，碰到友人穆侍御北上幽州，写了这首七言绝句。塞北江南的确相隔千山万水，但连北方的大雁尚能飞到衡阳，你千万不要因为蓟门路远就少了给我的音信，殷殷情谊溢于言表。

简注

[侍御] 唐代称殿中侍御史、监察御史为侍御。

[恩谴] 受贬谪的委婉表达，因为皇恩浩荡而受贬，不可以说全无牢骚。

[潇湘] 潇水和湘水，是湖南境内的两条河流。

[衡阳] 传说秋天北雁南飞，至湖南衡阳回雁峰而止，不再南飞。

箜篌引

王昌龄

卢溪郡南夜泊舟，夜闻两岸羌戎讴。
其时月黑猿啾啾，微雨沾衣令人愁。
有一迁客登高楼，不言不寐弹箜篌。
弹作蓟门桑叶秋，风沙飒飒青冢头。
将军铁骢汗血流，深入匈奴战未休。
黄旗一点兵马收，乱杀胡人积如丘。
疮病驱来配边州，仍披漠北羔羊裘。
颜色饥枯掩面羞，眼眶泪滴深两眸。
思还本乡食牦牛，欲语不得指咽喉。
或有强壮能咿嚘，意说被他边将仇。
五世属藩汉主留，碧毛毡帐河曲游。
橐驼五万部落稠，敕赐飞凤金兜鍪。
为君百战如过筹，静扫阴山无鸟投。
家藏铁券特承优，黄金千斤不称求。
九族分离作楚囚，深溪寂寞弦苦幽。
草木悲感声飕飗，仆本东山为国忧。

明光殿前论九畴，簏读兵书尽冥搜。

为君掌上施权谋，洞晓山川无与俦。

紫宸诏发远怀柔，摇笔飞霜如夺钩。

鬼神不得知其由，怜爱苍生比蚍蜉。

朔河屯兵须渐抽，尽遣降来拜御沟。

便令海内休戈矛，何用班超定远侯，

史臣书之得已不。

——《全唐诗》卷一百四十一

题解

王昌龄的长篇古风，以"不言不寐弹箜篌"领起全诗的主要内容。叙述了一位身经百战、屡建奇勋的漠北少数民族将领在边关浴血奋战，却因遭谗受贬，"不言不寐弹箜篌""欲语不得指咽喉"。"鬼神不得知其由，怜爱苍生比蚍蜉"，这是强烈的控诉！虽然南冠楚囚，但依然心忧社稷。"便令海内休戈矛，何用班超定远侯，史臣书之得已不"显示了作者已经突破了狭隘的民粹史观，有着对历史如何书写的深刻洞见。这位忍辱负重却不忘怀家国社稷的沦落将军何尝不是他自己人生经历的写照。闻一多将王昌龄和孟浩然并列评价为盛唐诗坛"个性最为显著"的两位作家。王昌龄诗歌的崇高声誉，背后是他这种思想深度使然。

简注

[箜篌引] 箜篌，古代一种拨弦乐器，出自西域。引，乐府诗体的一种。据《乐府诗集》卷二十六引晋崔豹《古今注》云："《箜篌引》者，朝鲜津卒霍里子高妻丽玉所作也。子高晨起刺船，有一白首狂夫，被发提壶，乱流而渡，其妻随而止之，不及，遂堕河而死。于是援箜篌而歌曰：'公无渡河，公竟渡河，堕河而死，将奈公何！'声甚凄怆，曲终亦投河而死。子高还，以语丽玉。丽玉伤之，乃引箜篌而写其声，闻者莫不堕泪饮泣。丽玉以其曲传邻女丽容，名曰《箜篌引》。"后来曹植、王昌龄、李白、李贺诸作大概用此悲凉曲调，内容各异。

［卢溪］唐武德二年（619），始建卢溪县。天宝元年（742）改辰州为卢溪郡，辖境相当于今湖南怀化沅陵、溆浦、辰溪，湘西泸溪、花垣与吉首等地区，而卢溪县治所迁往洗溪口。

［羌戎］泛指我国古代西北部的少数民族。

［迁客］遭贬斥放逐之人。

［咿嚘（yī yōu）］形容人叹息、呻吟或吟咏声。

［橐驼（tuó tuó）］骆驼。

［兜鍪（móu）］古代战士戴的头盔；也代指士兵，如辛弃疾《南乡子·登京口北固亭有怀》"年少万兜鍪"。

［铁券］亦称"铁契"，中国帝王颁赐功臣授以优遇和免罪特权的凭证文书。用铁铸造，以便久存。

［九畴］传说中天帝赐给大禹治理天下的九类大法，后泛指治理天下的方略。

［紫宸］此处借指帝王。

［蚍蜉（pí fú）］本义是一种体形相对较大的蚂蚁，常用来指自不量力的人。

望蓟门

祖咏

燕台一望客心惊，箫鼓喧喧汉将营。

万里寒光生积雪，三边曙色动危旌。

沙场烽火连胡月，海畔云山拥蓟城。

少小虽非投笔吏，论功还欲请长缨。

——《全唐诗》卷一百三十一

作者简介

祖咏（699—746），洛阳人。少有文名，与王维友善。开元十二年（724），进士及第，仕途落拓，曾经游宦范阳，后归隐汝水一带。曾因张说推荐，任过短时期的驾部员外郎。诗多状景咏物，宣扬隐逸生活。其诗讲求对仗，亦带有诗中有画之色彩。诗作以《终南望余雪》《望蓟门》两首最著名。

题解

此诗作于祖咏游宦范阳时期。全诗一气呵成，催人奋进。从浓厚紧张的战争气氛写起，中间描写作者在边地所见的壮丽景色，抒发了他为国立功的豪情壮志，意境辽阔雄壮，充满阳刚之美。《唐诗选脉会通评林》："周珽曰：'起寓讥边将，便有耻为碌碌尸素之想。中四句极状边庭之景。末以班超、终军自许，树勋报国之志挺然。'蒋一梅曰：'气象朗开，结壮。'薛蕙曰：'铺叙得体，词意正大。'"管世铭《读雪山房唐诗序例》："调高气厚，为七言律正始之音，惜不多见。"

简注

［箫鼓］一作"笳鼓"。

［危旌］高扬的旌旗。

［投笔吏］此指班超。汉人班超家贫，常为官府抄书以谋生，曾投笔叹曰："大丈夫无他志略，犹当效傅介子、张骞，立功异域，以取封侯，安能久事笔砚间乎？"后果以使西域立功，封定

远侯。

[论功句] 意为少年时虽不像班超那样投笔从戎，但若论取功名，还是想像终军一样自愿请缨。长缨，长绳子。西汉终军奉使南越，自请"愿受长缨，必羁南越王而致之阙下"。

少年行四首（其二）

王维

出身仕汉羽林郎，初随骠骑战渔阳。
孰知不向边庭苦，纵死犹闻侠骨香。

——《全唐诗》卷一百二十八

作者简介

王维（约701—761），字摩诘，号摩诘居士，河东蒲州（今山西运城）人，开元九年（721）进士，任太乐丞。十七年，开始从荐福寺道光禅师学顿教。二十三年，张九龄执政，拔擢他为右拾遗。天宝三载（744），开始经营蓝田辋川别业。十五载，安禄山叛军攻入长安，玄宗仓皇逃往四川，王维被俘，被迫受伪职。长安收复后，王维因为曾作《凝碧池》抒发思念朝廷之情，被宽宥，后来转任尚书右丞。上元二年（761），上表请求削去官职，放归田园。王维以诗名盛于开元、天宝间，尤长五言，多咏山水田园，与孟浩然合称"王孟"，有"诗佛"之称。书画特臻其妙，后人推其为南宗山水画之祖。苏轼评价他："味摩诘之诗，诗中有画；观摩诘之画，画中有诗。"

题解

这首诗是王维早期的作品，以汉喻唐，借一个出身高贵的少年口吻直抒胸臆，写其忠诚事君，出征边塞，义无反顾。"孰知不向边庭苦，纵死犹闻侠骨香"，化用曾出镇幽州的晋代张华《博陵王宫侠曲》"生从命子游，死闻侠骨香"。其献身精神，与曹植《白马篇》里"捐躯赴国难，视死忽如归"的少年英雄是一脉相承的。

用典"渔阳"特别耐人寻味，本是用霍去病征战匈奴的典故，但也会令人想起此前将屯戍渔阳的陈胜和吴广，此后"渔阳鼙鼓动地来"的安史之乱。

简注

[羽林郎] 汉代禁军官名，掌宿卫侍从，常以世家大族子弟充任。这里指少年出身高门贵族。

[骠骑] 西汉名将霍去病，曾任骠骑将军。

[渔阳]《史记·匈奴列传》："燕亦筑长城，自造阳至襄平。置上谷、渔阳、右北平、辽西、辽东郡以拒胡。"渔阳郡，治所即北京密云十里堡镇统军庄村东，辖境大致包括今天北京北部，以及天津西北部、河北东北部地区。秦置渔阳县，郡县同治。

古风（其十五）

李白

燕昭延郭隗，遂筑黄金台。

剧辛方赵至，邹衍复齐来。

奈何青云士，弃我如尘埃。

珠玉买歌笑，糟糠养贤才。

方知黄鹤举，千里独徘徊。

——《李太白全集》卷二

作者简介

李白（701—762），字太白，号青莲居士，祖籍陇西（今甘肃），出生于蜀郡（今四川），一说出生于西域碎叶。开元十二年（724）离家远游，十八年入长安，但干谒颇受冷遇，至嵩山元丹丘颍阳山居处栖息。天宝元年（742）奉诏入京，担任翰林供奉。后赐金放还，游历全国。唐肃宗李亨即位后，卷入永王之乱，流放夜郎。李白受到了儒、道、仙、释、侠等各种文化思想和生存方式的影响，被后世誉为"诗仙"，与诗圣杜甫并称"李杜"。

题解

此诗用燕昭王筑台尊礼郭隗，招致赵国剧辛、齐国邹衍等贤士的历史故事，托古讽今。达官显贵们对待美人丽姬，以珠玉买其笑；对待贤士，却是养之以糟糠。两厢形成了鲜明的对比。萧士赟《分类补注李太白诗》曰："太白少有高尚之志，此诗岂出山之后，不为时相所礼，有轻出之悔欤？不然，何以曰'方知黄鹤举，千里独徘徊'？吁！读其诗者，百世之下，犹有感慨。"《唐诗选脉会通评林》评曰："'珠玉'二语，骂世亦直。"

简注

[青云士] 比喻有出众的才华和能力的人。

[黄鹤举] 一作"黄鹄举"。相传春秋鲁国人田饶因鲁哀公昏庸不明，自比"一举千里"的黄鹄（古书中"鹄""鹤"常常通用），表示将离开鲁国。

北风行

李白

烛龙栖寒门，光曜犹旦开。

日月照之何不及此，惟有北风号怒天上来。

燕山雪花大如席，片片吹落轩辕台。

幽州思妇十二月，停歌罢笑双蛾摧。

倚门望行人，念君长城苦寒良可哀。

别时提剑救边去，遗此虎文金鞞靫。

中有一双白羽箭，蜘蛛结网生尘埃。

箭空在，人今战死不复回。

不忍见此物，焚之已成灰。

黄河捧土尚可塞，北风雨雪恨难裁。

——《李太白全集》卷三

题解

此诗作于唐玄宗天宝十一载（752）秋天（一说冬天），李白时游幽州。王琦注：“鲍照有《北风行》，伤北风雨雪，行人不归，太白拟之而作。”全诗通过描写一个北方妇女对丈夫战死的悲愤心情，控诉战争的罪恶。全诗信笔挥洒，酣畅淋漓，尤其是夸张修辞的运用，“决不能有其事，实为情至之语”，有强烈的艺术效果。谢榛《四溟诗话》：“太白曰‘燕山雪花大如席，片片吹落轩辕台’，景虚而有味。”《唐诗选脉会通评林》：“此篇主意全在‘念君长城苦寒良可哀’，一句生情，调法光响，意多含蓄。”

简注

［北风行］乐府旧题。《乐府诗集·杂曲歌辞五·北风行》宋郭茂倩题解：“《北风》，本卫诗也。《北风》诗曰：‘北风其凉，雨雪其雱。’传云：‘北风寒凉，病害万物，以喻君政暴虐，百亲不亲也。’若鲍照《北风凉》，李白‘烛龙栖寒门’，皆伤北风雨雪，而行人不归，与卫诗异矣。”

［光曜（yào）］光亮、光辉。

［燕山］中国北部著名山脉之一，位于河北平原北侧，由潮白河河谷到山海关，山体呈东西走向。

［轩辕台］王琦注引《直隶名胜志》：“轩辕台在保安州西南界之乔山上。”陈子昂《蓟丘览古赠卢居士藏用七首》：“北登蓟丘望，求古轩辕台。”其实际地点，说法不一，有说在北京平谷渔子山，

有说在河北怀来乔山，有说在河北涿鹿桥山。

［双蛾摧］双眉紧锁，悲伤愁闷的样子。蛾，蛾眉。

［虎文］虎身的斑纹，指代武将的官服。

［鞸靫（bǐng chāi）］盛箭的器具。

［白羽箭］尾部装置白翎的箭。

［捧土］东汉初，朱浮为大将军、幽州牧，负责讨定北边。渔阳太守彭宠抗命，朱浮给他写信说："今天下几里，列郡几城，奈何以区区渔阳而结怨天子，此犹河滨之人捧土以塞孟津，多见其不知量也。"后以"捧土"喻不自量力，这里反用其意。

出自蓟北门行

李白

虏阵横北荒，胡星耀精芒。

羽书速惊电，烽火昼连光。

虎竹救边急，戎车森已行。

明主不安席，按剑心飞扬。

推毂出猛将，连旗登战场。

兵威冲绝幕，杀气凌穹苍。

列卒赤山下，开营紫塞旁。

孟冬风沙紧，旌旗飒凋伤。

画角悲海月，征衣卷天霜。

挥刃斩楼兰，弯弓射贤王。

单于一平荡，种落自奔亡。

收功报天子，行歌归咸阳。

——《李太白全集》卷五

题解

《乐府古题要解》:"其词与《从军行》同,而兼言燕蓟风物,及突骑悍勇之状。"天宝十一载(752),李白北游蓟门时,面对边塞风光,内心有感而发,作成此诗。作者以小说般的叙事结构描绘了一幅生动的画卷:胡人桀骜,横侵塞北,北征之将帅平荡单于,擒其君长,使其种落奔散,凯旋咸阳,使朝廷永无北顾之虞。在歌颂反击匈奴侵扰之战争的同时,也描绘了远征将士的艰苦生活。詹锳评此诗:"李白描写了富有特征的燕蓟风物和紧张激烈的征战场面,明显是对古题的继承,但诗中所表现的所向无敌的气势和乐观高亢的情绪却与古题的慷慨悲壮迥异,这样一种盛世之音,正源于诗人对唐朝前期强大国力的强烈自豪和高度自信。"(《20世纪李白研究论文精选集》)

简注

[房阵] 指敌阵。

[胡星] 昴星,《史记·天官书》:"昴曰髦头,胡星也。"张守节正义:"摇动若跳跃者,胡兵大起。"后常以"胡星"喻指胡兵势焰。一说旄星,储光羲《观范阳递俘》诗:"北河旄星陨,鬼方狄林胡。"

[推毂(gǔ)] 推车前进。古代一种仪式,帝王任命将帅时的隆重礼遇。《史记·张释之冯唐列传》:"臣闻上古王者之遣将也,跪而推毂,曰:'阃以内者,寡人制之;阃以外者,将军制之。'"

毂，车轮。

[斩楼兰] 杀敌立功的意思。楼兰，古西域国名，因居于汉朝与匈奴之间，常持两端，后来汉遣傅介子斩其王，更名为鄯善。傅介子以立功封侯。

[贤王] 匈奴贵族的封号，有左贤王、右贤王，共同襄助大单于处理国事。

幽州胡马客歌

李白

幽州胡马客，绿眼虎皮冠。

笑拂两只箭，万人不可干。

弯弓若转月，白雁落云端。

双双掉鞭行，游猎向楼兰。

出门不顾后，报国死何难。

天骄五单于，狼戾好凶残。

牛马散北海，割鲜若虎餐。

虽居燕支山，不道朔雪寒。

妇女马上笑，颜如赪玉盘。

翻飞射鸟兽，花月醉雕鞍。

旄头四光芒，争战若蜂攒。

白刃洒赤血，流沙为之丹。

名将古谁是，疲兵良可叹。

何时天狼灭，父子得闲安。

——《李太白全集》卷四

题解

《乐府诗集》梁鼓角横吹曲有北朝乐府《幽州马客吟歌辞》五首，"快马常苦瘦，剿儿常苦贫。黄禾起羸马，有钱始作人"非常脍炙人口。幽州马客吟，是当时北方民族在马背上演奏的一种军乐。李白《幽州胡马客歌》生动刻画了骁勇善战的"幽州胡马客"形象，描写了战争的惨烈和悲壮，表现出诗人对于和平的渴望。清高宗敕编《唐宋诗醇》评曰："明皇喜事边功，宠任番将。天宝十载，高仙芝败于大食，安禄山败于契丹。是诗之作，必刺禄山也。'出门不顾后，报国死何难'，诘之也。'名将古谁是，疲兵良可叹'，伤之也。言切而意悲矣。"

宋末才女张玉娘（约1250—1277）亦有《幽州胡马客》："幽州胡马客，莲剑寒锋清。笑看华海静，怒振河山倾。金鞍试风雪，千里一宵征。鞯底揪羽箭，弯弓新月明。仰天坠雕鹄，回首贯长鲸。慷慨激忠烈，许国一身轻。愿系匈奴颈，狼烟夜不惊。"

简注

[干（gān）] 触犯，冒犯。

[天骄句] 天骄，汉代匈奴单于自称，后亦泛称强盛的边地民族首领。王维《出塞作》："居延城外猎天骄，白草连天野火烧。"五单于，西汉后期，匈奴势弱内乱，分立为五个单于，互相争斗。王维《少年行》其三："偏坐金鞍调白羽，纷纷射杀五单于。"

[割鲜] 割杀禽畜，吃生肉的意思。《文选·子虚赋》："弈于盐

浦，割鲜染轮。"吕向注："鲜，牲也。谓割牲之血染于车轮也。"

[燕支山] 又名焉支山、胭脂山，今甘肃河西走廊一带，盛产胭脂。西汉元狩二年（前121），霍去病兵出临洮，越燕支山，大破匈奴。匈奴失此山，乃歌曰："亡我祁连山，使我六畜不蕃息；失我燕支山，使我嫁妇无颜色。"

[赪（chēng）玉盘] 红色的玉制盘子。

[雕鞍] 雕刻花纹的马鞍。借指坐骑。

[天狼] 天狼星，天空中非常明亮的恒星，古人以为天狼星主侵掠。《楚辞·九歌·东君》："青云衣兮白霓裳，举长矢兮射天狼。"王逸注："天狼，星名，以喻贪残。"

行行且游猎篇

李白

边城儿，

生年不读一字书，但知游猎夸轻趫。

胡马秋肥宜白草，骑来蹑影何矜骄。

金鞭拂雪挥鸣鞘，半酣呼鹰出远郊。

弓弯满月不虚发，双鸧迸落连飞髇。

海边观者皆辟易，猛气英风振沙碛。

儒生不及游侠人，白首下帷复何益。

——《李太白全集》卷三

题解

《行行且游猎篇》为乐府旧题,《乐府解题》云:"梁刘孝威《游猎篇》云'之罘讲射所,上林娱猎场',备言游行射猎之事,亦谓之《行行游且猎篇》是也。"本篇是李白北游幽燕时目睹边城儿游猎有感而作。开篇点明自己听说过边城儿的矫健与敏捷,引出下文对边城儿矫健身姿的具体描写,形象跃然纸上。此诗最后慨叹饱读诗书的儒生,倒不如边城游侠人,可以用武艺保卫家国。

简注

[轻趫] 轻捷矫健。

[蹑影] 追蹑太阳的影子,比喻迅疾。曹植《七启》:"忽蹑景而轻骛,逸奔骥而超遗风。""景"通"影"。

[鸧(cāng)] 鸧鸹,即灰鹤。

[髇(xiāo)] 骨制的响箭,即鸣镝。

[海] 此处指瀚海、沙漠。

[辟易] 退避,这里指观者因为惊奇,不由自主地向后退避。

[碛(qì)] 浅水中的沙石。

[白首下帷] 用汉儒董仲舒典故,他讲学时,挂一幅帷幔,他在帷幔后讲,学生在帷幔外听,很多人从学多年,甚至没有见过他的面。

蓟门五首（选三）

高适

蓟门逢古老，独立思氛氲。
一身既零丁，头鬓白纷纷。
勋庸今已矣，不识霍将军。（其一）

幽州多骑射，结发重横行。
一朝事将军，出入有声名。
纷纷猎秋草，相向角弓鸣。（其三）

黯黯长城外，日没更烟尘。
胡骑虽凭陵，汉兵不顾身。
古树满空塞，黄云愁杀人。（其四）

——《高适诗集编年笺注》第一部分

高适（约704—765），字达夫，渤海蓨（今河北景县）人。高适早年家道中落，到处浪迹。开元十九年（731）秋，北游燕赵。天宝九载（750）秋天，四十七岁的高适以河南封丘县尉的身份送兵到驻在妫川（今北京延庆、河北怀来一带）城内的清夷军，冬抵蓟北。后得哥舒翰赏识，入河西幕府为掌书记。安史之乱，潼关陷落后曾请缨守长安，未果。后任彭州刺史、蜀州刺史、剑南西川节度使等职，终散骑常侍，加银青光禄大夫，封渤海侯。两次幽州之行，燕赵重侠义、感然诺的地域风气和高适"喜言王霸大略，务功名，尚节义"的习性深相契合，他因此写下了很多反映幽蓟地区风物的优秀篇章，乃至晚年代表作《酬裴员外以诗代书》追述自己早年放荡不羁的经历："单车入燕赵，独立心悠哉。宁知戎马间，忽展平生怀。且欣清论高，岂顾夕阳颓。题诗碣石馆，纵酒燕王台。北望沙漠垂，漫天雪皑皑。临边无策略，览古空裴回。乐毅吾所怜，拔齐翻见猜。荆卿吾所悲，适秦不复回。然诺多死地，公忠成祸胎。"

题解

开元十九年（731）秋至开元二十年秋，高适在幽州居住。当时王之涣曾流寓蓟门，高适来访不遇，作《蓟门不遇王之涣、郭密之，因以留赠》。《蓟门五首》大概也作于这个时期。《乐府诗集》《全唐诗》题作"蓟门行五首"。五首小诗短小精致，从各个侧面点染出燕赵边塞生活的画卷，对士兵的英勇予以礼赞，"幽州多骑射，结发重横行"是其中名句；又对边将轻启战端、不恤士卒等做法深表不满，可与《燕歌行》参看。王夫之《唐诗评选》评价说："推折默运，殆摩明远之垒。达夫善使气势，唯于短章能养其威。"

简注

[古老] 一作"故老"。

[氛氲] 纷纭，比喻心绪缭乱。

[零丁] 孤苦无依的样子。

[勋庸] 功勋。《后汉书·荀彧传》："虽勋庸崇著，犹秉忠贞之节。"

[霍将军] 指抗击匈奴的西汉名将霍去病。

[横行] 纵横驰骋。

[凭陵] 横行，猖獗。杜甫《病橘》诗："寇盗尚凭陵，当君减膳时。"

自蓟北归

高适

驱马蓟门北，北风边马哀。

苍茫远山口，豁达胡天开。

五将已深入，前军止半回。

谁怜不得意，长剑独归来。

——《高适诗集编年笺注》第一部分

题解

开元二十年（732）冬天，诗人自蓟北南归，感慨庸帅误国而自己报国无门，心有所感，写下了这首诗。首句写南行出发时所见的悲寂景象，继而描绘塞外的独特风光，随后触发对时局的思索，悲愤莫名。《蓟门不遇王之涣、郭密之，因以留赠》中"逢时事多谬，失路心弥折。行矣勿重陈，怀君但愁绝"与本诗末句意思大致相同。

吴昌祺《删订唐诗解》卷十八评曰："苍莽凄厉，如听悲笳之奏。"开元二十一年春，诗人由蓟北南返宋中途经淇水之滨，又写下《淇上酬薛三据兼寄郭少府微》："北上登蓟门，茫茫见沙漠。倚剑对风尘，慨然思卫霍。"这两首诗写作时间大致接近。

简注

[豁达句] 意即走出峡谷，才豁然见胡天大开。

[五将句] 意思是五位将军已经深入敌境，最后却无功而返。汉宣帝时，曾遣祁连将军田广明、度辽将军范明友、前将军韩增、蒲类将军赵充国、虎牙将军田顺五将军，率十万余骑，出塞击匈奴。最后五路大军都没有到达预期地点就收兵回师。

[长剑] 比喻怀才不遇。用冯谖弹铗故事。

燕歌行

高适

开元二十六年，客有从元戎出塞而还者，作《燕歌行》以示适，感征戍之事，因而和焉。

汉家烟尘在东北，汉将辞家破残贼。
男儿本自重横行，天子非常赐颜色。
摐金伐鼓下榆关，旌旆逶迤碣石间。
校尉羽书飞瀚海，单于猎火照狼山。
山川萧条极边土，胡骑凭陵杂风雨。
战士军前半死生，美人帐下犹歌舞。
大漠穷秋塞草腓，孤城落日斗兵稀。
身当恩遇常轻敌，力尽关山未解围。
铁衣远戍辛勤久，玉箸应啼别离后。
少妇城南欲断肠，征人蓟北空回首。
边庭飘飖那可度，绝域苍茫无所有。
杀气三时作阵云，寒声一夜传刁斗。
相看白刃血纷纷，死节从来岂顾勋。
君不见沙场征战苦，至今犹忆李将军。

——《高适诗集编年笺注》第一部分

题解

开元二十六年（738）高适由淇上归梁宋之后所作。序中"元戎"，《河岳英灵集》《又玄集》《才调集》《文苑英华》等作"御史大夫张公"，指幽州节度使张守珪。二十七年高适写《宋中送族侄式颜》，对张守珪推崇备至，故有不少人认为《燕歌行》所讽对象为安禄山等。全诗高度凝练地反映了边塞军中诸多矛盾，以及边策弊端和战争苦难，主旨深刻含蓄，暇整精警，悲壮沉雄，是高适的"第一大篇"，也是唐代边塞诗中第一等杰作。王夫之《唐诗评选》评价说："词浅意深，铺排中即为诽刺，此道自《三百篇》来，至唐而微，至宋而绝。'少妇''征人'一联，倒一语乃是征人想他如此，联上'应'字神理不爽。结句亦苦平淡，然如一匹衣着，宁令稍薄，不容有纇。"

和高适同时稍晚的贾至（718—772）亦有《燕歌行》，该诗对幽州重镇的形势描写非常出色："国之重镇惟幽都，东威九夷北制胡。……前临滹沱后易水，崇山沃野亘千里。"

简注

[燕歌行] 乐府旧题，见于《相和歌辞·平调曲》，曹丕、萧绎、庾信均有名作，多言思妇怀念征夫之意。

[烟尘] 比喻战争。开元十八年（730）五月，契丹及奚族叛唐，此后唐与契丹、奚之间战事不断。

[残] 凶残暴虐的意思。

［颜色］面子，光彩。曹植《艳歌行》："长者赐颜色，泰山可动移。"

［摐（chuāng）金伐鼓］军中鸣金击鼓。摐，击打。金，行军时用来节制步伐的钲。

［逶迤（wēi yí）］蜿蜒曲折的样子。

［校尉］唐代武散官名，官阶次于将军。这里泛指武将。

［羽书］羽檄，插有羽毛的紧急军事文书。

［瀚海］沙漠。

［猎火］指古代游牧民族出兵打仗的战火。

［狼山］狼居胥山，一说在今内蒙古自治区赤峰克什克腾旗西北一带，一说为今蒙古国乌兰巴托东侧的肯特山。此处并非确指。

［半死生］半死半生，伤亡惨重。

［大漠句］穷秋，深秋。腓（féi），枯萎的意思。

［玉箸］比喻眼泪。

［边庭飘飖（yáo）］指边地形势动荡、险恶。

［绝域］极远之地。《管子·七法》："不远道里，故能威绝域之民；不险山河，故能服恃固之国。"

［死节］为保全节操而死。《楚辞·九章·惜往日》："或忠信而死节兮，或訑谩而不疑。"

［李将军］指汉代名将李广。

蓟中作

高适

策马自沙漠，长驱登塞垣。

边城何萧条，白日黄云昏。

一到征战处，每愁胡虏翻。

岂无安边书，诸将已承恩。

惆怅孙吴事，归来独闭门。

——《高适诗集编年笺注》第一部分

《文苑英华》与敦煌唐写本残卷《唐人选唐诗》中此诗皆题作
"送兵还作",可知此诗是高适在天宝九载（750）冬天送兵后,自
清夷军还,入居庸关时所作。全诗通过描写边境的苍凉景色与严
重的边患,抨击了统治者对于战事的失策。行文上层层递进,环
环相扣,起伏跌宕,语调苍凉。沈德潜《唐诗别裁集》:"言诸将
不知防边,虽有策无可陈也。乃不云天子僭赏,而云主将承恩,
令人言外思之。"

简注

[塞垣] 边关城墙,后也指长城。鲍照《东武吟》:"始随张
校尉,占募到河源。后逐李轻车,追虏穷塞垣。"《文选》张铣注:
"塞垣,长城也。"

[安边书] 即安边的策略。

[孙吴] 春秋时孙武和战国时吴起的并称,古代兵家的代表。

后出塞五首（选二）

杜甫

男儿生世间，及壮当封侯。

战伐有功业，焉能守旧丘。

召募赴蓟门，军动不可留。

千金买马鞭，百金装刀头。

闾里送我行，亲戚拥道周。

斑白居上列，酒酣进庶羞。

少年别有赠，含笑看吴钩。（其一）

我本良家子，出师亦多门。

将骄益愁思，身贵不足论。

跃马二十年，恐辜明主恩。

坐见幽州骑，长驱河洛昏。

中夜间道归，故里但空村。

恶名幸脱免，穷老无儿孙。（其五）

——《全唐诗》卷二百一十八

作者简介

杜甫（712—770），字子美，自称少陵野老。举进士不第，曾任检校工部员外郎，故世称"杜工部"，宋以后被尊为"诗圣"，与李白并称"李杜"。他的许多作品，显示了唐代由盛转衰的历史过程，因被称为"诗史"。

题解

《后出塞五首》当作于唐玄宗天宝十四载（755）冬，安禄山反唐之初。这组诗叙写开元、天宝年间一位军士应募到蓟门从军，在"渔阳豪侠地"——安禄山的老巢，看到"主将位益崇，气骄凌上都""坐见幽州骑，长驱河洛昏"，最后只身脱逃幸免恶名的经历，斥责安禄山反唐祸心。这里选的是第一首和第五首，浦起龙《读杜心解》："'召募'四句，点事生色。'闾里'至末，以旁笔衬行色。就中又分出老少两层，加意挑剔。结语肉飞眉舞，恰与'及壮封侯'对照。'赴蓟门'点眼。"

安史之乱是唐王朝由盛转衰的标志，加速了中国之"中"由西（洛阳）向东移，因此也是北京文化发展的重要节点。

简注

[旧丘] 故园、老家的意思。鲍照《结客少年场行》："去乡三十载，复得还旧丘。"李善注引《广雅》："丘，居也。"

[千金买马鞭] 《集千家注杜工部诗集》作"千金买马鞍"。

[道周] 道边。

［斑白］头发半白，泛指老人。

［庶羞］丰盛的菜肴。《仪礼·公食大夫礼》："上大夫庶羞二十，加于下大夫以雉兔鹑鴽。"胡培翚正义引郝敬云："肴美曰羞，品多曰庶。"曹植《箜篌引》："乐饮过三爵，缓带倾庶羞。"

［吴钩］春秋时吴王阖闾之刀，后为宝刀的通用名。

［坐见句］意思是眼睁睁看着幽州铁骑即将攻陷洛阳。

渔 阳

杜甫

渔阳突骑犹精锐，赫赫雍王都节制。

猛将飘然恐后时，本朝不入非高计。

禄山北筑雄武城，旧防败走归其营。

系书请问燕耆旧，今日何须十万兵。

——《全唐诗》卷二百一十九

题解

《人海诗区·畿甸》收入此诗，有按语："渔阳本汉旧县。以北有渔水，因曰渔阳。唐开元十八年（730）置蓟州，即此地。见《清类天文分野之书》。"杜甫《后出塞五首》有句"渔阳豪侠地，击鼓吹笙竽"。

仇兆鳌《杜诗详注》："上四，讽贼党之归顺。下四，慰燕人之向化。官军精锐，节制得人，彼河北诸将，翻然而来，犹恐后时，若不入本朝，真失计矣。又为慰谕燕人之词曰：当时禄山猖獗，尚筑垒以防退走，今王师破竹，思明旦夕奔窜，诸耆老当亦知之否耶。"

简注

[雍王] 李适（kuò），时为天下兵马元帅，统河北、朔方及诸道行营、回纥等兵十余万，进讨叛军。最终乱平，被册封为皇太子，大历十四年（779）即位，即唐德宗。

[雄武城]《旧唐书·安禄山传》载："禄山阴有逆谋，于范阳北筑雄武城，外示御寇，内贮兵器，积谷为保守之计，战马万五千匹，牛羊称是。"

[耆（qí）旧] 本意是年高望重者。杜甫《忆昔》诗之二："伤心不忍问耆旧，复恐初从乱离说。"燕耆旧，暗用鲁仲连遗燕将书的典故。《史记·鲁仲连邹阳列传》："齐田单攻聊城岁余，士卒多死而聊城不下。鲁连乃为书，约之矢以射城中，遗燕将。……燕

将见鲁连书，泣三日，犹豫不能自决。欲归燕，已有隙，恐诛；欲降齐，所杀虏于齐甚众，恐已降而后见辱。喟然叹曰：'与人刃我，宁自刃。'乃自杀。"

穆陵关北逢人归渔阳

刘长卿

逢君穆陵路，匹马向桑乾。

楚国苍山古，幽州白日寒。

城池百战后，耆旧几家残。

处处蓬蒿遍，归人掩泪看。

——《全唐诗》卷一百四十七

刘长卿（？—789），字文房，祖籍宣城，郡望河间，后迁居洛阳，官至随州刺史，亦称"刘随州"。玄宗天宝八载（749）登进士第。长于五言，自称"五言长城"。

题解

大历五年至六年间，刘长卿曾任转运使判官、淮西鄂岳转运留后等职，活动于湖南、湖北。该诗大概作于这个时期，反映了战后的境况。"楚国苍山古，幽州白日寒"是名联，前句为眼前实景，下句是想象之词。王世贞《艺苑卮言》评价本诗："刘随州'五言长城'，如'幽州白日寒'语，不可多得。"

简注

[穆陵关] 在今湖北麻城北，唐代宗大历五年至六年间（770—771），刘长卿曾任职于湖北、湖南等地。渔阳，唐代郡名，当时属范阳节度使管辖。渔阳、桑乾唐时都属幽州。

[桑乾（gān）] 今永定河上游。隋唐时期，永定河也被称为桑乾河，相传每年桑葚成熟时河水干涸，故名。今常简写作"桑干河"。李白《战城南》："去年战，桑乾源，今年战，葱河道。洗兵条支海上波，放马天山雪中草。万里长征战，三军尽衰老。"

幽州赋诗见意时佐刘幕

李益

征戍在桑乾，年年蓟水寒。
殷勤驿西路，北去向长安。

——《全唐诗》卷二百八十三

作者简介

李益（746—829），字君虞，祖籍凉州姑臧（今甘肃武威凉州），后迁河南。大历四年（769）进士，曾因仕途不得志，辞官，终日遨游于燕赵一带。后官至幽州营田副使，加御史中丞，改右散骑常侍，以礼部尚书致仕。李益以边塞诗作名世，尤工七绝。

题解

根据《旧唐书·李益传》，李益曾"北游河朔"，被"幽州刘济辟为从事"。诗人于"在桑乾"前面加上"征戍"二字，悲怆之意已出，"年年"二字尽显诗人的无奈心情。最后两句，诗人写自己面对着驿站西边通往都城长安的无尽路途，感念友人的恳切叮咛，渴望回到都城建功立业之心溢于言表。黄生《唐诗摘钞》云："不言人不能归长安，但言驿路悠悠，如殷勤待人从此而去，立言之妙如此。"

简注

[幽州赋诗见意时佐刘幕] 刘幕，指作者曾在幽州节度使刘济幕府中做事。本诗一题"太原落漠驿西堠"。

[殷勤] 恳切叮咛。晚唐诗人章碣《春别》诗："殷勤莫厌貂裘重，恐犯三边五月寒。"

送客还幽州

李益

惆怅秦城送独归，蓟门云树远依依。

秋来莫射南飞雁，从遣乘春更北飞。

——《全唐诗》卷二百八十三

首句惆怅的调子笼罩全篇，后二句发奇想，极有情味。但此诗究竟是李益身处何处所写，这就决定了"秦城"何指。如果李益在长安，则秦城指长安，唐诗人李涉《再宿武关》云："远别秦城万里游，乱山高下出商州。"如果李益在幽州的周边，那么秦城，也许指昌平芹城，芹城有古龙泉寺，"龙泉喷玉"曾是旧"燕平八景"之一；也可能指的是位于天津宝坻的汉雍奴县治所在，唐太宗征高丽，曾驻跸于此。秦城，也可以泛指秦汉留下的城池，例如李益《送诸暨王主簿之任》云："秦城岁芳老，越国春山秀。"

简注

[秋来] 一作"秋空"。

[从遣] 一作"纵遣"，任凭的意思。

幽州送申稷评事归平卢

王建

行子绕天北，山高塞复深。

升堂展客礼，临水濯缨襟。

驱驰戎地马，聚散林间禽。

一杯泻东流，各愿无异心。

蓟亭虽苦寒，春夕勿重衾。

从军任白头，莫卖故山岑。

——《全唐诗》卷二百九十七

王建（约767—约830），字仲初，许州（治今河南许昌）人。家境贫穷，贞元十三年（797），辞家从戎，十五年因受韩愈推荐进士及第，次年入幽州刘济幕府，不久守丧于和州。四十岁以后，"白发初为吏"，仍然沉沦下僚，任县丞、司马之类，世称"王司马"。他写了大量的乐府诗，同情百姓疾苦，与张籍齐名。又写过宫词百首，在传统的宫怨之外，还广泛地描绘宫中风物，是研究唐代宫廷生活的重要材料。

题解

因李益推荐，王建曾到幽州刘济幕府供职，随同刘济领兵讨伐在蓟北作乱的林胡诸部。这首诗是作者在这一时期送别友人的作品。开篇就以一个俯视的角度想象分别后友人的行程——在蜿蜒陡峭的山路上跋涉，山高路远，这又何尝不是作者对于自己和朋友人生路途的隐喻呢？沧浪之水或清或浊，毕竟还是要随世浮沉，无论是游幕在外的"戎地马"还是归隐故乡的"林间禽"，在人生如水流一般去向不定的分别时刻，内心却是一样的。春天来了，苦寒的幽蓟边陲也不用再穿着厚厚的衣服，感慨着人生光阴匆匆白头，还是劝友人归隐故乡，不要再涉足红尘名利，劝勉之中，也是自己的无尽向往。

简注

[申稷] 丹阳人，唐大历中为建昌令。评事，申稷所任官职

名，属大理寺。

[平卢] 唐代方镇，唐天宝初分范阳节度使置平卢节度使，治营州（柳城郡，今辽宁朝阳），统领卢龙军，管理河北东部、辽宁南部等地，范阳节度使安禄山曾经兼平卢、河东节度使。安史之乱后期，平卢节度使侯希逸不愿叛唐，率领平卢军南迁至山东淄青，改为平卢淄青节度使。

[行子] 行旅的人，鲍照《代东门行》：“野风吹草木，行子心肠断。”这里指送别的友人申稷。

[天北] 遥远的北方。

[濯（zhuó）] 洗涤，清洗。《孟子·离娄上》记载：“沧浪之水清兮，可以濯我缨；沧浪之水浊兮，可以濯我足。”《楚辞·渔父》中亦有此歌谣，二“我”字作“吾”。

[泻东流句] 泻，倾倒。鲍照《拟行路难十八首》其四：“泻水置平地，各自东西南北流。”

[蓟亭] 蓟地供人游憩歇宿的驿亭。

[重裘] 厚皮衣。

[莫卖故山岑] 岑，小而高的山。《世说新语·排调》：“支道林因人就深公买印山，深公答曰：‘未闻巢由买山而隐。’”后人遂以买山为归隐。此处卖山相对买山而言，此句意思是归隐故乡，就不要再回到世俗生活中了。

蓟北旅思

张籍

日日望乡国，空歌白苎词。
长因送人处，忆得别家时。
失意还独语，多愁只自知。
客亭门外柳，折尽向南枝。

——《全唐诗》卷三百八十四

作者简介

张籍（约767—约830），字文昌，苏州人，少时侨寓和州乌江（今安徽和县东北）人，贞元初，与王建同在魏州学诗。贞元十五年（799）经韩愈推荐，张籍在长安进士及第，元和元年（806）调补太常寺太祝，与白居易相识。后患眼疾，孟郊戏之云："西明寺后穷瞎张太祝，纵尔有眼谁尔珍。天子咫尺不得见，不如闭眼且养真。"工于乐府，和王建齐名，并称"张王乐府"。因张籍曾任水部员外郎、国子司业，人称"张水部""张司业"。

题解

《蓟北旅思》又题作"送远人"，是诗人思念家乡的作品。诗人开篇用赋笔，写诗人在北方诵着家乡的《白苎舞歌》，最后一句观察特细，因为当时折柳送别的习俗，诗人看到客亭门外的柳树已经被一条条折走了，自己何年何月才能归去呢？《瀛奎律髓》中说"此张司业集中第一首诗"。清代黄生《唐诗摘钞》："全篇直叙。张吴人，《白丝》吴歌，故次句云云。临别之时，家人必牵衣执手，属令早归，今非意留滞，所以三、四云云。七、八再足三句意，五、六笔意已枯，亏一结写景，含不尽之意。有时独语都不自知，极尽失意人懑顿之状。"

简注

[乡国] 故乡，张籍的故乡在江南。

[白苎词] 指《白苎舞歌》，是当时的吴声歌曲。

奉使蓟门

窦巩

自从身属富人侯，蝉噪槐花已四秋。

今日一茎新白发，懒骑官马到幽州。

——《全唐诗》卷二百七十一

作者简介

窦巩（约772—约831），字友封，京兆金城人，元和二年（807）进士。元稹观察浙东，奏为副使，后终老于鄂渚。

题解

仕宦无聊，时间如流水般无声无息，只有鸣蝉的叫声和槐花的开落，暗暗记录着四年季节的变换。末句一个"懒"字，只希望时间能够停下脚步。这种含蓄蕴藉的生命意识，言有尽而意无穷，让人长久回味。

简注

［富人侯］即富民侯，汉武帝晚年，封车千秋富民侯，取"大安天下，富实百姓"之意。后以"富民侯"指代贤明的执政者。唐代为避唐太宗李世民讳，改"民"为"人"。

宿山寺

贾岛

众岫耸寒色，精庐向此分。
流星透疏木，走月逆行云。
绝顶人来少，高松鹤不群。
一僧年八十，世事未曾闻。

——《全唐诗》卷五百七十三

作者简介

贾岛（779—843），字浪仙，一作阆仙，自号"碣石山人"，范阳人，家境贫寒，曾出家为僧，后来还俗，由于受到韩愈赏识，诗名大振。困于科场，十年方得一第，又遭贬谪，做过几任小官。因曾任长江（今四川蓬溪）主簿，故世称"贾长江"。贾岛以苦吟著称，长于五律，注重字句锤炼，人称"诗奴"，有《长江集》。今北京房山石楼镇有贾岛祠与衣冠冢。

题解

此诗又题"过木岩寺日暮"。木岩寺是位于今北京房山周口店村的一座古刹，建于北魏时期，后世多有重修，清末被毁。《辍锻录》："诗有语意相同而工拙大相远者，如贾长江'走月逆行云'，亦可谓形容刻划之至矣，试与韦苏州'乔木生夏凉，流云吐华月'较之，真不堪与之作奴。"

夜色苍茫，诗人在高耸入云的峰峦中前行，在朦胧闪烁的月色下，古刹映入眼帘，人迹罕至，苍松翠柏之中透着几分禅意，年迈的僧人不关心外界的是非，仿佛时间都已经不存在。全篇情景交融，将野外古刹之幽深静谧描绘得淋漓尽致。

简注

[众岫（xiù）]一作"岩岫"。岫，峰峦、山洞。

[精庐]佛寺。

旅次朔方

刘皂

客舍并州已十霜，归心日夜忆咸阳。

无端又渡桑乾水，却望并州是故乡。

——《全唐诗》卷四百七十二

作者简介

刘皂，生卒年不详，咸阳人，约生活在唐代贞元时期，《全唐诗》录其绝句五首。

题解

本诗又题作"渡桑乾"，一说为贾岛诗，但我们并不见贾岛客居并州十年的记录。据载，刘皂主要生活在唐德宗贞元年间（785—805）。谢枋得《注解选唐诗》："久客思乡，人之常情。旅寓十年，交游欢爱，与故乡无殊，一旦别去，岂能无依依眷恋之怀？渡桑乾而望并州，反以为故乡，此亦人之至情也。非东西南北之人，不能道此。"

简注

[客舍句] 客舍，作动词用，意为客居。十霜，十年。

[无端句] 无端，无来由。又，一作"更"。

雁门太守行

李贺

黑云压城城欲摧，甲光向日金鳞开。

角声满天秋色里，塞上燕脂凝夜紫。

半卷红旗临易水，霜重鼓寒声不起。

报君黄金台上意，提携玉龙为君死。

——《全唐诗》卷三百九十

李贺（790—816），字长吉，河南福昌（今河南宜阳西）人，后世称"李昌谷"。诗作想象奇诡，峭拔幽奥，是中唐到晚唐诗风转变期的卓越代表。"牛鬼蛇神，不足为其虚荒诞幻也"，有"诗鬼"之称，与李白、李商隐合称"三李"。

题解

这首诗描写了边塞紧迫的战争形势，表达了戍边将士誓死杀敌、报效祖国的决心与勇气。首联写敌人如黑云一般滚滚压来，守城将士严阵以待，阳光映照在铠甲上宛若鱼鳞一般；颔联描写苍凉的号角声响彻天空，战士们的鲜血在暗夜中也凝为了紫色；颈联写驰援部队迫近敌军的营垒，在寒夜之中如荆轲刺秦一般悲壮地投入战斗；尾联是全篇点睛之笔，借用黄金台的典故，表明爱国将士誓死报效祖国的忠心。全诗想象瑰丽，色彩感很强，意境雄浑，沈德潜《唐诗别裁》在"黑云压城"二句下评价说："阴云蔽天，忽露赤日，实有此景。"又说："字字锤炼而成，昌谷集中定推老成之作。"

简注

[雁门太守行] 古乐府曲调名。雁门，郡名，古雁门郡约在今山西西北部，是唐王朝临近北方突厥部族的边境。

[摧] 塌陷。

[甲光句] 甲光，铠甲反射的太阳光。向日，一作"向月"。

金鳞，形容铠甲闪光如同金色鱼鳞。

［燕脂］深红色。一说"燕脂""夜紫"皆形容战场上的斑斑血迹。

［玉龙］代指宝剑。传说晋人雷焕曾得玉匣，内藏两剑，后来入水化为龙。

蓟北寒月作

贯休

蓟门寒到骨，战碛雁相悲。

古屋不胜雪，严风欲断髭。

清吟得冷句，远念失佳期。

寂寞谁相问，迢迢天一涯。

——《全唐诗》卷八百三十三

作者简介

贯休（832—912），俗姓姜，名休，字德隐，号禅月大师，婺州兰溪（今浙江兰溪）人，唐末五代著名画僧。贯休去世后，其弟子昙域辑其诗文编成《禅月集》三十卷，吴融为之写序说："上人之作，多以理胜，复能创新意，其语往往得景物于混茫之际，然其旨归必合于道。太白（李白）、乐天（白居易）既殁，可嗣其美者，非上人而谁？"宋徽宗《宣和书谱》评价他："工为歌诗，多警句，脍炙人口。以至丹青之习，皆怪古不媚。"黄休复《益州名画录》评价说："诗名高节，宇内咸知。善草书图画，时人比诸怀素。"

题解

这首诗开篇便直抒胸臆，表明"寒到骨"的苍凉，古战场上，大雁的声音都仿佛是悲伤的凭吊。风雪之中，作者吟诗想念着远方的亲友，却感慨天各一方，不知何时才能再次见面。全诗通篇情景交融，画面感非常强。

简注

[不胜] 禁不住。

[髭（zī）] 嘴上边的胡须。

宋金元诗 三十首

过塞二首（其一）

欧阳修

身驱汉马踏边霜，每叹劳生只自伤。

气候愈寒人愈北，不如征雁解随阳。

——《欧阳文忠公集》卷五十六

欧阳修（1007—1072），字永叔，号醉翁，晚号六一居士，庐陵（今属江西）人。家贫而好学，宋仁宗天圣八年（1030）进士，支持庆历新政，新政失败后被外放，数年后再度回朝。嘉祐二年（1057）知礼部贡举，五年升任枢密副使，次年拜参知政事。欧阳修提倡平实文风，奖掖后进，是北宋诗文革新运动的领袖。主修《新唐书》，独撰《新五代史》，有《欧阳文忠公集》《六一词》等传世。

题解

宋仁宗至和二年（1055），辽兴宗耶律宗真病故，契丹第八位皇帝耶律洪基登位，是为辽道宗。欧阳修奉命出使契丹祝贺新君。启程上路后，欧阳修作有《奉使道中作》："匆匆行人起，共怨角声早。马蹄终日践冰霜，未到思回空断肠。少贪梦里还家乐，早起前山路正长。"还有《风吹沙》："北风吹沙千里黄，马行确荦悲摧藏。穷冬万物惨无色，冰雪射日生光芒。"行至宋辽边界，又有《边户》一诗，注意到向宋辽双方付租税的边户，及双方都不得在界河捕鱼的情形。

该诗为欧阳修路经雄州时所作，叹人生劳碌，以大雁依季候而行止的自然状态作比，文气宛转，如诉家常。

简注

[边霜] 一作"胡霜"。

[劳生] 奔忙劳碌的生活。本自《庄子·大宗师》："夫大块载我以形，劳我以生，佚我以老，息我以死。"

[随阳] 跟随太阳运行，指候鸟依季节而定行止。李白《感兴》诗之三："征鸿务随阳，又不为我栖。"

杨无敌庙

刘敞

西流不返日滔滔，陇上犹歌七尺刀。

恸哭应知贾谊意，世人生死两鸿毛。

——《公是集》卷二十八

作者简介

刘敞（1019—1068），字原父，一作原甫，号公是，临江新喻（今江西新余）人。庆历六年（1046），敞与弟刘攽同登进士第，以大理评事通判蔡州，后官至集贤院学士。刘敞学问渊博，通六经百氏、天文地理、卜医数术、浮图老庄之说，尤长于《春秋》。

题解

至和二年（1055），刘敞奉使契丹，出使途中留下了不少诗歌，如《题幽州图》《潞河》《金山馆》《铁浆馆》等等。在古北口留诗颇多，如《古北口》《古北口对月》《古北口守岁二首》《元日发古北口寄禹玉直孺昌言三阁老》《初出古北口大风》等等。

古北口杨无敌庙，位于北京密云北，为纪念宋代名将杨业修建。杨业，又名继业，原是北汉大将，后归于宋，与其子杨延昭、孙杨文广三代并称名将，号为"杨家将"。杨业"屡立战功，所向克捷"，人称"杨无敌"。本诗以贾谊谪长沙的典故，暗示杨业也是为庸臣所害；又以陈安死后陇上人作《壮士之歌》纪念他的典故，比喻杨业之得人心。司马迁说："人固有一死，或重于泰山，或轻于鸿毛。"刘敞反其道而用，说人的生与死，皆像大雁的羽毛一样轻微而不足道。

简注

[西流] 题下自注云："在古北口，其下水西流。"潮河流经古

北口镇，折而向西，与杨无敌庙近在咫尺。

[七尺刀] 西晋陇城名将陈安（？—323）善使七尺大刀，后战败被杀。陈安死后，陇上人为之作《壮士之歌》，内有"骢骢父马铁锻鞍，七尺大刀奋如湍。丈八蛇矛左右盘，十荡十决无当前"之句。

和仲巽奚山部落

苏颂

千里封疆蓟霤间，时平忘战马牛闲。

居人处处营耕牧，尽室穹车往复还。

——《苏魏公文集》卷十三

苏颂（1020—1101），字子容，北宋中期宰相，博学多才，于经史、九流百家之说及算法、地志、山经、本草、训诂、律吕等学无所不通。有《本草图经》《苏魏公文集》等作品传世。

题解

苏颂曾于治平四年（1067）和熙宁十年（1077）两次出使辽国，共写下五十八首使辽诗叙述途中见闻。如《虏中纪事》："夷俗华风事事违，矫情随物动非宜。腥膻肴膳尝皆遍，繁促声音听自悲。"诗题下有自注云："契丹饮食、风物，皆异中华。行人颇以为苦。"还有一些诗写辽地风土民情，如《契丹帐》："马牛到处即为家，一卓穹庐数乘车。千里山川无土著，四时畋猎是生涯。"第一次使辽途中，苏颂和副使张宗益（仲巽）唱和多首，该诗即为其中之一，描绘出宋辽关系缓和后的升平景象。

简注

[仲巽] 即张宗益，曾作为苏颂的副使出使辽国。

[奚山部落] 奚族聚居地。奚族，东胡的一支，善于造车，以游猎、畜牧为主。

[霫（xí）] 古代东北部族的一支，后来并入奚族。

[穹车] 穹庐车帐。穹庐指北方游牧民族的包式建筑，南宋彭大雅《黑鞑事略》记载："穹庐有二样：燕京之制，用柳木为骨，

正如南方罘罳，可以卷舒，面前开门，上如伞骨，顶开一窍，谓之天窗，皆以毡为衣，马上可载。草地之制，以柳木织成硬圈，径用毡挽定，不可卷舒，车上载行。"

入　塞

王安石

荒云凉雨水悠悠，鞍马东西鼓吹休。
尚有燕人数行泪，回身却望塞南流。

——《临川文集》卷三十一

王安石（1021—1086），字介甫，号半山，临川（今江西抚州临川）人，庆历二年（1042）进士，熙宁二年（1069）升任参知政事，主持变法，次年拜相。熙宁七年罢相。一年后被再次起用，旋又罢相，出判江宁。元祐元年（1086）逝于钟山。王安石潜心经学，创"荆公新学"；散文雄健峭拔，名列"唐宋八大家"之一；诗以丰神远韵的风格在北宋诗坛自成一家，世称"王荆公体"，有《临川文集》等著作存世。

题解

宋仁宗嘉祐五年（1060），王安石送契丹使臣北归，当时宋辽澶渊之盟约定双方以白沟河为界，王安石在此地写下《白沟行》："白沟河边蕃塞地，送迎蕃使年年事。蕃使常来射狐兔，汉兵不道传烽燧。万里锄耰接塞垣，幽燕桑叶暗川原。棘门灞上徒儿戏，李牧廉颇莫更论。"白沟河北岸的涿州为辽的南疆，至涿州便是出塞，王安石有《涿州》诗："涿州沙上望桑乾，鞍马春风特地寒。"《出塞》："涿州沙上饮盘桓，看舞春风小契丹。塞雨巧催燕泪落，蒙蒙吹湿汉衣冠。"

《入塞》当是王安石从涿州返回白沟河时所作，写出燕地百姓渴望回归中原的心愿。

简注

［鼓吹］鼓、钲、箫、笳等乐器合奏，源于北狄，汉初边军用

之以壮声威，后渐用于朝廷。

[燕人] 燕地居民。燕云十六州，当时属于辽国。

[塞南] 边塞以南，指中原故土。

神水馆寄子瞻兄四绝（其三）

苏辙

谁将家集过幽都，逢见胡人问大苏。
莫把文章动蛮貊，恐妨谈笑卧江湖。

——《栾城集》卷十六

作者简介

苏辙（1039—1112），字子由，晚号颍滨遗老。眉州眉山（今四川眉山）人。嘉祐二年（1057），登进士第，后位列宰执。苏辙与父亲苏洵、兄长苏轼齐名，合称"三苏"，又名列"唐宋八大家"之一。苏轼称其散文"汪洋澹泊，有一唱三叹之声，而其秀杰之气终不可没"，有《栾城集》等传世。元祐四年（1089），苏辙奉命出使辽国，任贺辽国生辰国信使，出使期间留下杰作《奉使契丹二十八首》。

题解

苏辙使辽前，在杭州任上的苏轼作《送子由使契丹》一首："云海相望寄此身，那因远适更沾巾。不辞驿骑凌风雪，要使天骄识凤麟。沙漠回看清禁月，湖山应梦武林春。单于若问君家世，莫道中朝第一人。"苏辙也有《将使契丹九日对酒怀子瞻兄并示坐中》一诗，"萸少一枝心自觉，春同斗粟味终长"。使辽归途中，苏辙思念苏轼，作四首七绝寄之，此为其中一首。赞苏轼文名之盛，《辛斋诗话》载："元祐四年八月。苏子由为贺辽生辰国信使。子瞻有诗送之。既至辽，辽人每问大苏学士安否。"从中可见北宋文化对辽国的影响。回朝后，苏辙《北使还论北边事札子五道》之一《论北朝所见于朝廷不便事》记述："本朝民间开版印行文字，臣等窃料北界无所不有。臣等初至燕京，副留守邢希古相接送，令引接殿侍元辛传语臣辙云：'令兄内翰（谓臣兄轼）《眉山集》已到此多时，内翰何不印行文集，亦使流传至此？'"

苏轼有《次韵子由使契丹至涿州见寄四首》，其中二首云："老人痴钝已逃寒，子复辞行理亦难。要到卢龙看古塞，投文易水吊燕丹。""毡毳年来亦甚都，时时鴂舌问三苏。那知老病浑无用，欲向君王乞镜湖。"表达对苏辙完成使命的祝贺，并想象子由出使的情景，对契丹人传诵三苏诗文也颇有自豪之情。

简注

[神水馆]《人海诗区·驿馆》收苏辙《神水馆次子瞻相送使燕韵》，有按语："宋王曾《上契丹事》曰：出燕京北门至望京馆；南门外有永平馆，即旧名碣石馆，近桑乾河。此燕京城外之客馆，建于辽代，可考也。又按《范成大集》，使金有《九日燕宾馆》诗，亦是燕京城外馆。又按《大金国志》：宫城之南门，曰宣阳门。门外有两楼：曰文、曰武。文楼转东，曰来宁馆；武楼转西，曰会同馆。此燕京城内之客馆，见于《金志》，可据也。总核京城内外客馆，未见有馆名神水者。"有学者认为神水馆在河北涿州。

[大苏] 即苏轼，苏辙称小苏，其父苏洵称老苏。

[莫把句] 意谓苏轼文章名扬天下，恐有碍其归隐江湖。蛮貊（mò），泛指南北的非华夏部族，《伪古文尚书·武成》云："华夏蛮貊，罔不率俾。"

出 山

苏辙

燕疆不过古北关，连山渐少多平田。

奚人自作草屋住，契丹骈车依水泉。

橐驼羊马散川谷，草枯水尽时一迁。

汉人何年被流徙，衣服渐变存语言。

力耕分获世为客，赋役稀少聊偷安。

汉奚单弱契丹横，目视汉使心凄然。

石瑭窃位不传子，遗患燕蓟逾百年。

仰头呼天问何罪，自恨远祖从禄山。

——《栾城集》卷十六

苏辙《奉使契丹二十八首》组诗叙述出使辽国的经历，描绘了辽国的气候环境、饮食特征、衣着服饰、风土人情，并涉宋辽关系。《出山》即为其中一首。诗末苏辙自注："此皆燕人语也。"当时契丹统治燕云十六州已逾百年，汉人仍在抱怨安禄山、石敬瑭遗患，表达对回归中原的渴望。

简注

[燕疆句] 燕蓟地区过了锁钥重地古北口，山地渐少，平田连片，当地奚、汉与契丹杂居。

[奚人句] 描写当地奚人、契丹人，结草屋自居，骈车依水而行。骈车，契丹人使用的一种交通工具，长辕、高轮，车前后设有彩色车篷。

[汉人句] 意思是当地汉人衣着服饰已有变化，但仍用中原语言交流，耕种为主业，因为赋税较轻，生活比较安稳。苏辙《论北朝政事大略》："契丹之人，每冬月多避寒于燕地，牧放住坐，亦止在天荒地上，不敢侵犯税土。兼赋役颇轻，汉人亦易于供应。"

[汉奚句] 辽国为契丹人所建，客居的汉人与土著奚人地位较之契丹人低下。《奉使契丹二十八首·奚君》："奚君五亩宅，封户一成田。故垒开都邑，遗民杂汉编。不知臣仆贱，漫喜杀生权。燕俗嗟犹在，婚姻未许连。"

［石瑭］石敬瑭，后唐节度使，清泰三年 (936) 以割地、称臣、称儿为条件，请求契丹出兵相助推翻后唐政权。石敬瑭被契丹立为帝，国号晋，史称后晋。后晋割幽蓟十六州给契丹。石敬瑭将死，立侄子石重贵为继承人。石重贵努力脱离对契丹的依附，兵败被俘，后晋覆亡。

［禄山］安禄山，唐天宝十五载 (756) 称帝，国号为燕。

渡桑乾

苏辙

北渡桑乾冰欲结，心畏穹庐三尺雪。

南渡桑乾风始和，冰开易水应生波。

穹庐雪落我未到，到时坚白如磐陀。

会同出入凡十日，腥膻酸薄不可食。

羊脩乳粥差便人，风隧沙场不宜客。

相携走马渡桑乾，旌旆一返无由还。

胡人送客不忍去，久安和好依中原。

年年相送桑乾上，欲话白沟一惆怅。

——《栾城集》卷十六

题解

《渡桑乾》为苏辙《奉使契丹二十八首》最后一首，对比出塞与归国时的气候变化，回顾初入辽地对气候、环境、饮食的不适应以及期盼早日回乡的急迫心情，转而写胡人送使者南归依依不舍的情景，表达希望两国长久交好、和平共处的愿望。该诗虽仍有对个人出使期间生活不适应的抱怨，但与《出山》相比，可看出苏辙对辽的态度已发生明显变化。

简注

[磐陀] 又作"盘陀"，坚硬不平的大石。

[会同] 燕京会同馆，苏辙出使居住的地方。

[羊脩句] 辽人以羊肉、乳粥待客，与汉人饮食差异极大；且当地疾风狂沙，环境恶劣，使者极不适应。脩，干肉。风隧，即遂风，疾风、暴风。

琉璃河

范成大

烟林葱蒨带回塘，桥眼惊人失睡乡。
健起褰帷揩病眼，琉璃河上看鸳鸯。

——《石湖诗集》卷十二

作者简介

范成大（1126—1193），字致能，一作至能，晚号石湖居士，苏州吴县（今江苏苏州）人。宋高宗绍兴二十四年（1154），范成大登进士第。乾道六年（1170），作为泛使出使金国。淳熙五年（1178），升任参知政事。范成大素有文名，尤工于诗，与杨万里、陆游、尤袤合称南宋"中兴四大家"，又称"南宋四大家"，有《石湖集》《揽辔录》《吴郡志》等传世。

题解

范成大出使金朝时，每至一地便赋诗一首，该诗即为途经琉璃河时所作。他的这些诗作，可以补充其使金日记《揽辔录》。如其经北宋旧都汴梁（今河南开封）时所作《州桥》"州桥南北是天街，父老年年等驾回。忍泪失声询使者，几时真有六军来"，被清潘德舆《养一斋诗话》高度评价："沉痛不可多读。此则七绝至高之境，超大苏而配老杜矣。"另如《真定舞》："紫袖当棚雪鬓凋，曾随广乐奏云韶。老来未忍耆婆舞，犹倚黄钟衮六幺。"自注云："虏乐悉变中华，惟真定有京师旧乐工，尚舞高平曲破。"到临洺镇时，有《临洺镇》诗："竟日霜寒暮解围，融融桑柘染斜晖。北人争劝临洺酒，云有棚头得兔归。"题下注曰："去洺州三十里，洺酒最佳，伴使以数壶及新兔见饷。"

范成大诗从江西派入手，后自成一家，风格平易浅显、清新妩媚，绝句尤其著名，本诗即为明证。诗中"琉璃河上看鸳鸯"

古代作为房山一景，直到明末清初钱谦益还在《和范致能燕山道中绝句八首·其三琉璃河》中写道："花石纲残花鸟稀，纥干山雀几时归。琉璃河上乘轺客，愁见鸳鸯对对飞。"

简注

[琉璃河] 题下范成大自注："(琉璃河) 又名刘李河，在涿州北三十里。水极清泚，茂林环之，尤多鸳鸯，千百成群。"诗后又云："此河大中祥符间路振《乘轺录》亦谓琉璃河，惟嘉祐中宋敏求《番录》乃谓之六里河。语音相近，难得其真。"《明一统志》："琉璃河，在良乡县南四十里，《金史》作刘李河。"

[葱蒨 (qiàn)] 草木青翠茂盛的样子。宋梅尧臣《依韵和欧阳永叔同游近郊》："洛水桥边春已回，柳条葱蒨眼初开。"

[桥眼]《日下旧闻考》作"桥影"。

[健起]《日下旧闻考》作"陡起"。

[褰 (qiān) 帷] 撩起帷幔。

灰　洞

范成大

塞北风沙涨帽檐，路经灰洞十分添。
据鞍莫问尘多少，马耳冥蒙不见尖。

——《石湖诗集》卷十二

该诗为范成大使金途中经灰岭口所作，自注云："（灰洞）在
涿北燕南之间，两旁皆高冈，无风而路极狭，尘土坌集，咫尺不
辨人物。"坌集，聚集义。诗以马上不见马耳形象说明当地风沙
之大。明末钱谦益有和诗《和范致能燕山道中绝句八首·其四灰
洞》："燕南涿北愁杀人，灰洞无风自起尘。一片江南图画里，西
湖秋月石湖春。"

简注

[塞北句] 言塞北风沙之大，而灰洞尤甚。灰洞在昌平灰岭口，
《隆庆昌平州志》记载："北京自昌平西去雁门口十八里，自居庸关东
至黄华镇，凡九十一口，而灰岭为冲要。"

[冥蒙] 幽暗不明。南梁江淹《杂体诗·效颜延之〈侍宴〉》：
"青林结冥蒙，丹巘被葱蒨。"

会同馆

范成大

万里孤臣致命秋，此身何止一沤浮。
提携汉节同生死，休问羝羊解乳不。

——《石湖诗集》卷十二

题解

《会同馆》是范成大使金组诗的最后一首。乾道六年（1170），宋孝宗派范成大充任祈请国信使，与金交涉收回北宋诸帝陵寝之地与更定受书之仪。《宋史·本传》记载："（成大）至燕山，密草奏，具言受书式，怀之入。初进国书，词气慷慨，金君臣方倾听，成大忽奏曰：'两朝既为叔侄，而受书礼未称，臣有疏。'摺笏出之。金主大骇，曰：'此岂献书处耶？'左右以笏摽起之。成大屹不动，必欲书达，既而归馆所。金主遣伴使宣旨取奏。成大之未起也，金庭纷然，太子欲杀成大，越王止之，竟得全节而归。"据其自注，该诗便是范成大事后听闻金要扣留自己时所作，却毫无畏惧瑟缩之意，全诗悲壮激越，充满凛然正气，表达了诗人不辱使命的决心。

后来钱谦益就此作有《和范致能燕山道中绝句八首·其八会同馆》："揽辔乘轺使指同，燕宾馆宇杂华风。会朝青海班三恪，莫讶胡儿说会同。"

简注

［会同馆］诗人自注："（会同馆）燕山客馆也，授馆之明日，守吏微言有议留使人者。"又注："辽人馆本朝使，已谓之会同馆。"《人海诗区·驿馆》收录此诗，有按语："《金志》：宫城之南门，曰宣阳。入宣阳门，由驰道西南入会同馆。《石湖集》又谓辽已有之。时至能使金，留燕京会同馆，守吏微言有久羁之议，故赋此。

见《鹤林玉露集》。"

　　[沤] 水中的气泡，本诗用沤浮以比喻有限生命与世事无常。

　　[提携句] 用苏武牧羊典故表明心志。羝 (dī) 羊，公羊。

下　直

赵秉文

绿槐影里鸟呼风，退食凉生襟袖中。

满地绿苔承步障，楸花无蒂落深宫。

——《御订全金诗增补中州集》卷十四

赵秉文（1159—1232），金元之际诗人。字周臣，号闲闲居士，别署闲闲老人，磁州滏阳（今河北磁县）人。金世宗大定二十五年（1185）登进士第，金宣宗兴定元年（1217）拜礼部尚书，兼侍读学士，兼修国史、知集贤院事。赵秉文生性好学，诗文书画皆工，金人刘祁称他"平日字画工夫最深，诗其次，又其次散文"。元好问称他"七言长诗笔势纵放，不拘一律。律诗壮丽，小诗精绝，多以近体为之。至五言，则沉郁顿挫，似阮嗣宗；真淳古淡，似陶渊明"。前后主文坛四十年之久，成为金朝末期"文士领袖"。晚年逢金朝衰乱，以禅学求慰藉，有《闲闲老人滏水文集》传世。

题解

这首诗是赵秉文在宫中当值结束退朝而写。这里重点写的北京花楸，宋梅尧臣曾有诗曰："楸英独步媚，淡紫相参差。大叶与劲干，簇萼密自宜。图出帝宫树，耸向白玉墀。高绝不近俗，直许天人窥。"

斑驳的阳光从绿槐的缝隙中映射到身上，伴随着鸟鸣和风吹过的感觉，视觉、听觉、触觉的综合描写，透出放松和惬意，袖中充满了凉风。看绿苔遍地，承应着地上的步障，如同皇权下的官僚一般兢兢业业，楸树开的花也随风飘落，仿佛自己的命运，自然惬意之中，又多了几分对命运的思考和对自由的渴望。

简注

[下直] 宫中当值结束。

[退食] 退朝就食于家或公余休息。

[步障] 一作"步幛"，用以遮蔽风尘或视线的一种屏障。

[楸 (qiū) 花] 楸树的花。楸树是我国特有的珍贵用材树种和观赏树种。宋陆佃《埤雅》载："茎干乔耸凌云，华高可爱，至秋垂条如线，俗谓之楸线。"如今，北京故宫、北海、颐和园、大觉寺等皇家园林和名寺古刹，也都可见百年以上古楸树的挺拔身姿。

春草碧·几番风雨西城陌

完颜璹

几番风雨西城陌。不见海棠红、梨花白。底事胜赏匆匆，政自天付酒肠窄。更笑老东君、人间客。　　赖有玉管新翻，罗襟醉墨。望中倚阑人，如曾识。旧梦回首何堪，故苑春光又陈迹。落尽后庭花，春草碧。

——《中州集·中州乐府》

作者简介

完颜璹（1172—1232），本名寿孙，号樗轩老人，金世宗孙，越王完颜永功长子，封密国公，天兴元年（1232）蒙古军攻金汴梁，围城中以疾卒。自刻诗三百篇、乐府一百首，集名《如庵小稿》，赵秉文为序，今存词七首。

题解

金代后期，蒙古势力逐渐增强，为了躲避蒙古军队的不断侵扰，贞祐二年（1214），金宣宗把都城南迁到汴京，燕京往日的繁华不复存在。贞祐三年，金中都失守。作为世家子的完颜璹（shú）无限感慨，写了这首千古名篇。上片抒发了作者惜春、伤春的情感，感慨风雨之后花朵凋零，暮春的凄凉景象也正是蒙古铁骑大举南下、燕京失守的隐喻，当一切成为过眼云烟，也只好借酒浇愁，感慨掌管春天的东君，也只是匆匆过客罢了。下片强自欢笑，以吹奏曲子、挥毫泼墨自我开解，然而醉眼蒙眬中，昔日繁华的都城早已经今非昔比，昔日的太平时光如同春天一样消失在斑驳的陈迹中。

本词作者一作吴激（？—1142），北宋靖康二年（1127）奉命使金，被强留。留金期间所作词风格清婉，多故国之思，被元好问推为"国朝第一作手"。

简注

[底事] 什么事。

［酒肠窄］酒量小的意思。

［东君］司春之神。

［玉管新翻］用笛、箫之类乐器演奏新制作的曲子。

［后庭花］鸡冠花的一种。这里双关，也指陈后主的《玉树后庭花》。陈后主诗历来是亡国之音的代名词，杜牧《泊秦淮》："商女不知亡国恨，隔江犹唱后庭花。"

有 寄

王渥

十年铁马暗京华，客子飘零处处家。

征雁久疏河朔信，小梅重见汝南花。

栖栖活计依檐雀，冉冉年光赴壑蛇。

旧雨故人应念我，不来联句夜煎茶。

——《中州集》卷六

王渥（1186—1232），字仲泽，太原人。金兴定二年（1218）进士，曾辟寿州、商州、武胜三帅府经历官，在军中凡十年。正大七年（1230），出使宋朝，应对敏捷，有中州豪士之称。天兴元年（1232）汴京被围，引兵入援，自汝州过密县，在邓州遇蒙古军，殁于阵。

题解

"十年铁马暗京华"，如果本诗写于1224年或1225年，当指的是金朝南迁十年或者中都陷落十年，所以用"暗"字。如果指他自己的十年铁马生涯，本诗当作于使宋前后，那么京华应该指汴京，"暗"字当指迁都十年来，金朝都在蒙古军的威胁之下。无论是哪一种，作者都感慨自己身世飘零，四海为家。

北方地区被蒙古铁骑所占，已经久疏音信，汝南地区梅花又次第开放，仿佛岁月静好。战乱频仍、山河破碎之际，诗人感慨自己宛若居人檐下的雀鸟，时常惴惴不安，在不知不觉中感受岁月的流逝。尾联举重若轻地感叹：当年的老朋友们，怎么不来找我对句、煎茶呢？全篇都从个人感怀入手，背后却是作者感时忧世的家国情怀。

简注

[汝南] 今河南颍河、淮河之间，金国末期行政中心。

[旧雨] 杜甫《秋述》："常时车马之客，旧，雨来；今，雨不来。"（《全唐文》卷三百六十）后以"旧雨"作为老友的代称。

还燕京题披云楼和诸士大夫韵

耶律楚材

闲上披云第一重，离离禾黍汉家宫。
窗开青琐招晴色，帘卷银钩揖晓风。
好梦安排诗句里，闲愁分付酒杯中。
静思二十年间事，聚散悲欢一梦同。

——《湛然居士集》卷三

作者简介

耶律楚材（1190—1244），字晋卿，号湛然居士、玉泉老人，金尚书右丞耶律履之子，生于燕京（今北京）。蒙古成吉思汗十年（1215），应成吉思汗之召至漠北，随成吉思汗西征。窝阔台汗三年（1231），任中书令。耶律楚材大力推动文治，逐步构建"以儒治国"的方略，促进了中华民族文化的融合与发展。存世作品完整者有《湛然居士集》《西游录》等。今颐和园文昌阁北侧有耶律楚材祠。

题解

耶律楚材一生较为顺遂，然而毕竟是由金入元，笔下难免有故国之思。在为国操劳东奔西走的间隙，偶然回到故乡燕京，披云楼上，金章宗墨迹仍在，却已物是人非，黍离之悲涌上心头。看窗外清风明月，好似从没有乱离的太平盛景，只好把不好言说的闲愁赋予酒中了。二十年来，世事变幻，宛若南柯一梦，这种发自内心的慨叹，不是传统士人怀才不遇的不甘，而是经历过国破入元的儒生共有的对故国的怀念。

简注

[燕京] 唐乾元二年（759），史思明自称应天皇帝，国号大燕，改范阳为燕京。这是今北京称燕京之始。安史之乱被平定后，"燕京"之称被废除。辽、金、元时期，此地又数次被改称为燕京。

[披云楼] 披云楼，位于燕京城南，旧额乃金章宗手书。

［汉家宫］旧时宫殿，指金国曾经定都燕京。

［青琐］门窗上的装饰。

［好梦］一作"好景"。

出都二首

元好问

汉宫曾动伯鸾歌，事去英雄可奈何。

但见觚棱上金爵，岂知荆棘卧铜驼。

神仙不到秋风客，富贵空悲春梦婆。

行过卢沟重回首，凤城平日五云多。（其一）

历历兴亡败局棋，登临疑梦复疑非。

断霞落日天无尽，老树遗台秋更悲。

沧海忽惊龙穴露，广寒犹想凤笙归。

从教尽铲琼华了，留在西山尽泪垂。（其二）

——《元诗选·初集·甲集》

作者简介

元好问（1190—1257），字裕之，号遗山，世称遗山先生，太原秀容（今山西忻州）人。元好问自幼聪慧，被北方文宗赵秉文嘉赏，名震京师，金宣宗兴定五年（1221），进士及第。金灭亡后，元好问被囚数年，晚年重回故乡，潜心著述。蒙古宪宗二年（1252），元好问觐见"驻桓、抚间"的忽必烈，请他为"儒教大宗师"，力促其任用儒士治国。元好问是宋金对峙时期北方文学的主要代表、文坛盟主，被尊为"一代文宗"。他擅作诗、文、词、曲，其词为金代一朝之冠，著有《元遗山先生全集》，词集为《遗山乐府》。辑有《中州集》，保存了大量金代文学作品。

题解

《人海诗区·都城》收录此诗，题名"出都有感"，并有按语："寿宁宫、广寒殿等处，皆金源遗构。蒙古入燕，竟为黄冠辈撤毁矣。见《遗山诗注》中。"

蒙古太宗乃马真后二年（1243）秋，元好问应元中书令耶律楚材的儿子耶律铸的招请，北游燕京。见故都依旧，诗人不胜感慨，回到忻州后，写下了这一组七言律诗。两首诗用了大量的历史典故，却不是简单的罗列，而是以空间的盛衰、时间的古今互相参照对比，抒发出一种盛衰转换之际的茫然孤寂之感，表达自己的故国河山之思。

简注

[伯鸾] 梁鸿，字伯鸾，东汉平陵人，曾作《五噫歌》，讥刺都城和宫室的豪侈。

[可奈何] 元好问《遗山集》作"不奈何"。

[觚棱上金爵] 形容建筑的高大和雕刻的精美。

[荆棘卧铜驼]《晋书·索靖传》载，索靖有远见，知天下将乱，指洛阳宫门前铜驼叹曰："会见汝在荆棘中耳！"

[秋风客] 汉武帝曾作《秋风辞》，故李贺《金铜仙人辞汉歌》说："茂陵刘郎秋风客。"

[春梦婆] 苏轼贬官昌化（今属海南儋州），有一老妇人对他说："内翰（指苏轼）昔日富贵，一场春梦。"

[凤城] 禁城，宫城。

[广寒　琼华] 作者自注云："寿宁宫有琼华岛，绝顶广寒殿，近为黄冠辈所撤。"金中都琼华岛建有广寒殿，后为全真道徒所毁，忽必烈予以重建作为行宫，后坍塌于明代万历年间。

朝中措

元好问

芦沟河上度游车，行路看宫娃。古殿吴时花草，奚琴塞外风沙。　　天荒地老，池台何处，罗绮谁家。梦里数行灯火，皇州依旧繁华。

——《元遗山集》卷四十二

北游燕京之际，作者看到昔日金国都城，有感而发。开篇通过对旃车的描摹，点明由金入元，都城已不复旧时模样，而金国昔日的宫女也携着乐器被掳到大都。国破家亡，昔日的繁华已经是昨日旧梦，当年衣着华丽的宫女嫔妃们，也只有在梦里，才能依稀见到当年金中都的繁华。今昔对照、虚实对比，把亡国之痛抒发得淋漓尽致。

简注

[旃车] 用毛毡遮裹的车子，是蒙古族特有的方式。旃，同毡。

[奚琴] 也作"嵇琴"，一种弹拨乐器。欧阳修《试院闻奚琴作》："奚琴本出奚人乐，奚虏弹之双泪落。"

[天荒地老] 极言历时久远。李贺《致酒行》："吾闻马周昔作新丰客，天荒地老无人识。"

[池台何处二句] 繁华时的舞榭歌台都到哪里去了呢？皇家的富贵又落在谁家呢？极言因改朝换代带来的物是人非。

宫中曲

刘秉忠

帘卷东风户半开，闲庭烟锁绿纹苔。

海棠花上黄昏月，曾照金鸾几度来。

——《元诗选·初集·乙集》

刘秉忠 (1216—1274)，初名刘侃，字仲晦，法名子聪，号藏春散人。邢州（今河北邢台）人，出身世宦之家。曾入大蒙古国忽必烈幕府，以布衣身份参预军政要务，被称为"聪书记"。至元元年 (1264)，升任光禄大夫、太保，领中书省政事。刘秉忠对元代政治体制、典章制度的奠定发挥了重大作用。他对元大都的规划设计，奠定了北京市最初的城市雏形。

题解

这首诗描绘夏天夜晚的皇宫，饶有情致。开篇写出东风吹来，窗户半开的景象，而庭院中烟岚袅袅，苔藓青绿，海棠盛开，月光映在金鸾上，平添几分寂静祥和。全诗描绘几幅连续的动态图景，诗人自己则隐身于图景之外。

顾嗣立《元诗选》小传称刘秉忠："其诗萧散闲澹，类其为人。盖以佐命元臣，寄情吟咏，其风致殊可想也。"他还有《春日效宫体》："雨洗芳尘绝点埃，桃花零落海棠开。沉香亭小围红树，太液池清映绿苔。夜月也曾悬汉殿，朝云何只在阳台。六宫帘卷东风软，一派仙音翠辇来。"

简注

[金鸾] 金属制的鸾鸟。梅尧臣《七夕》："独对金鸾月，宫词付小臣。"指金銮殿亦通。

正气歌

文天祥

予囚北庭，坐一土室。室广八尺，深可四寻。单扉低小，白间短窄，污下而幽暗。当此夏日，诸气萃然：雨潦四集，浮动床几，时则为水气；涂泥半朝，蒸沤历澜，时则为土气；乍晴暴热，风道四塞，时则为日气；檐阴薪爨，助长炎虐，时则为火气；仓腐寄顿，陈陈逼人，时则为米气；骈肩杂遝，淋漓污垢，时则为人气；或圊溷，或毁尸，或腐鼠，恶气杂出，时则为秽气。叠是数气，当之者鲜不为厉。而予以屏弱，俯仰其间，于兹二年矣，审如是，殆有养致然尔。然亦安知所养何哉？孟子曰："我善养吾浩然之气。"彼气有七，吾气有一，以一敌七，吾何患焉！况浩然者，乃天地之正气也，作《正气歌》一首。

天地有正气，杂然赋流形。

下则为河岳，上则为日星。

于人曰浩然，沛乎塞苍冥。

皇路当清夷，含和吐明庭。

时穷节乃见，一一垂丹青。

在齐太史简，在晋董狐笔。

在秦张良椎，在汉苏武节。

为严将军头，为嵇侍中血。

为张睢阳齿，为颜常山舌。

或为辽东帽，清操厉冰雪。

或为出师表，鬼神泣壮烈。

或为渡江楫，慷慨吞羌羯。

或为击贼笏，逆竖头破裂。

是气所旁薄，凛烈万古存。

当其贯日月，生死安足论。

地维赖以立，天柱赖以尊。

三纲实系命，道义为之根。

嗟予遘阳九，隶也实不力。

楚囚缨其冠，传车送穷北。

鼎镬甘如饴，求之不可得。

阴房阗鬼火，春院閟天黑。

牛骥同一皂，鸡栖凤凰食。

一朝蒙雾露，分作沟中瘠。

如此再寒暑，百沴自辟易。

嗟哉沮洳场，为我安乐国。

岂有他缪巧，阴阳不能贼。

顾此耿耿在，仰视浮云白。

悠悠我心悲，苍天曷有极。

哲人日已远，典刑在夙昔。

风檐展书读，古道照颜色。

——《文山集》卷二十

作者简介

文天祥（1236—1283），字履善，又字宋瑞，自号文山、浮休道人，吉州庐陵（今江西吉安）人。宝祐四年（1256）状元，官至右丞相兼枢密使。被派往元军的军营中谈判，被扣留。后脱险经高邮嵇庄到泰县塘湾，由南通南归，坚持抗元。祥兴元年（1278）兵败被张弘范俘虏，在狱中坚持斗争三年多，后在柴市从容就义。著有《文山诗集》《指南录》《指南后录》等，诗歌名作有《过零丁洋》《正气歌》等。

题解

文天祥于祥兴元年（1278）十二月在广东海丰被俘，次年十月押送元大都，囚于兵马司土牢。路上他写了《使北》："客子漂摇万里程，北征情味似南征。小臣事主宁无罪，只作幽州谪吏行。"囚禁期间，元人多方威胁利诱，他始终坚贞不屈，于元世祖至元十九年十二月（1283年1月）壮烈殉国。这首诗作于死前一年，他认为支持他坚贞不屈的精神力量是浩然正气，故以"正气"命题。

全诗可分两大段。第一大段从开头到"道义为之根"共三十四句。此段可分三个层次，开头总起，提出天地间有一种正气赋予一切有形体的东西。接着以"河岳""日星"作陪，突出"浩然"正气，充塞于天地之间。接着以"清夷"作陪，突出"时穷"。太平盛世（清夷）赋予人的浩然正气乃是祥和之气，洋溢于朝廷之上发挥治理天下的作用。国家艰危之时（时穷），人的浩然正气就体现为凛然大节，名垂青史。以上是第一个层次。自"在齐太史简"至"逆竖头破裂"，列举十二位"一一垂丹青"的先贤事迹。这是第二个层次。"是气所旁薄"至"道义为之根"紧承上文加以发挥，是第三个层次。

第二大段自"嗟予遘阳九"至结尾，共二十六句，也可分为三个层次。前六句，慨叹自己遭逢国难而未能力挽危局，被俘被囚，只求以身殉国。这是第一个层次。自"阴房阗鬼火"至"苍天曷有极"写土牢阴暗、潮湿，而视"沮洳场"为"安乐国"，种种邪恶之气都不能侵犯，正由于正气的支持。这是第二层。最后四句，遥承"在齐太史简……"，说明那些"时穷节乃见"的"哲人"都是自己的榜样，"古道"的光辉，照亮诗人的追求。这是第三层，也是全诗的总结。

全诗篇幅宏大而主旨突出、脉络分明。浩然正气直贯全篇，故历述古人事迹和自身遭遇，而能慷慨凄恻，荡气回肠。诗歌体现人之大义与爱国情怀，对后世无数志士仁人有着巨大影响。

明洪武九年（1376），按察副使刘崧主持在柴市顺天府学旁（兵马司土牢旧址）建造了文丞相祠（今北京东城府学胡同63号）。文天祥祠历经修缮，如今是面积近六百平方米的两进四合院，过厅为"文天祥生平展"；堂屋室内屏风正面为毛泽东手书"人生自古谁无死，留取丹心照汗青"，背面为文天祥《正气歌》全文。

简注

[北庭] 元大都。

[土室] 土牢。

[室广句] 牢房只有八尺宽，三十二尺长。寻，八尺为一寻。可，大约。

[单扉句] 单扇门又低又小，窗户又短又窄。

[诸气萃然] 所有的水气、土气、日气、火气、米气、人气、秽气都集中在土牢里。

[雨潦四集] 雨水从四面八方流过来。潦，雨水。

[蒸沤历澜] 泥土泛起泡沫，流入地上的水波之中。

[檐阴句] 在屋檐底下用柴火烧饭，增长了暴虐的炎热。阴同"荫"。爨（cuàn），烧火做饭。

[仓腐句] 米仓里装满了腐烂的粮食，霉烂的气味使人难以忍受。

[骈肩杂遝（tà），淋漓污垢] 土牢里挤满了人，大汗淋漓，混合着污垢。骈肩，肩靠着肩，形容拥挤。杂遝，杂乱。

[圊溷（qīng hùn）] 厕所。

[叠是句] 同时受到这七种气味的侵入，人很少有能不生病的。叠，叠加。厉，同"疠"。

[殆有养致然尔] 大概是靠我的养生功夫，以至于可以维护健康吧！

［皇路句］国运正当清平，谐和之气充溢于圣明的朝廷。意思是说有正气的人立朝执政，发挥作用，朝中就充满正气。

［垂丹青］留传史册。丹青，史书，古代丹册纪勋，青史纪事。

［太史简］春秋时，齐国大夫崔杼弑齐庄公，记载史事的太史如实记录道："崔杼弑其君。"崔杼杀了这个太史，于是把太史的弟弟找来重新记录这件事，他的弟弟仍然写"崔杼弑其君"。太史的弟弟也被崔杼杀害，太史又一个弟弟接续职责，还是这样写，崔杼只好罢手。简，记事用的竹片。

［董狐笔］春秋时，赵穿弑晋灵公。当时晋国的大臣赵盾逃遁在外，他回来后并未惩处赵穿（赵穿是赵盾的族侄）。太史董狐认为责任在赵盾，就写下"赵盾弑其君"。

［张良椎］秦始皇灭了韩国，韩国贵公子张良为复仇找一个大力士，执一百二十斤重的铁椎在博浪沙狙击秦始皇。

［苏武节］汉武帝时，苏武奉命出使匈奴被扣留。苏武被拘十九年间，出使时所持的汉节从不离身，全节而返。节，符节，苏武出使的凭证。

［严将军头］汉献帝建安十九年（214），刘璋命严颜守巴郡，张飞攻陷巴郡，威逼严颜投降。严颜说："蜀中有断头将军，无降将军也。"

［嵇侍中血］嵇绍为晋侍中，皇室内讧，嵇绍为保卫晋惠帝而被杀，血溅在惠帝的衣服上。事后，有人要为惠帝洗衣服，惠帝

说："这是嵇侍中的血，不要洗。"

[张睢阳齿] 唐安史之乱时，安禄山攻睢阳，睢阳太守张巡守睢阳，使贼不得扰。张巡每次出战，都大呼誓师，眦裂血流，齿牙皆碎。

[颜常山舌] 唐安禄山范阳起兵，河北诸城望风而降，常山太守颜杲卿起兵讨贼，后被俘，对安禄山骂不绝口。他的舌头被割断，还是痛骂不止，直至牺牲。

[辽东帽] 东汉末年，海内大乱，管宁避地辽东，以清操自励，"常着皂帽、布襦裤、布裙"，终身不出仕。此句赞扬管宁的操守像冰雪一样高洁。

[出师表] 诸葛亮为蜀相，立志北定中原。出师北伐时，上《出师表》给后主刘禅，表达"鞠躬尽瘁，死而后已"的决心。

[渡江楫] 西晋末年，淮汉以北，沦为一些北方民族割据角逐的战场。晋元帝偏安江左。东晋奋威将军、豫州刺史祖逖率军北伐。渡长江时，至中流击楫发誓说："不能清中原而复济者，有如大江。"楫，本为船桨，此处指船。

[击贼笏] 唐德宗时，幽州朱泚谋反，拉拢段秀实同谋行事。段秀实闻听勃然而怒，夺了朱泚的笏板，并击伤其头部。最后段秀实被害。

[嗟予句] 可叹我遭遇厄运，也实在无力改变这种危亡的国势。遭（gòu），遇到。阳九，道家认为天厄为阳九，地亏为百六，

都是灾难的年头。隶，诗人自己的谦称。

［鼎镬（huò）］古代使用鼎、镬烹人的酷刑。

［阴房句］见不到阳光的牢房出没着阴森的鬼火，即使在春光明媚的时候，院门也关得紧紧的，一片漆黑。阗（tián），充满。閟（bì），闭门。

［牛骥句］牛和骏马同槽，鸡和凤凰共处，比喻贤愚不分。皂，马槽。

［沟中瘠］弃于沟中的枯骨。

［百沴（lì）］各种病毒。

［沮洳（rù）场］低下潮湿的地方。

［岂有句］哪有什么奇术妙法，使得寒暑都不能伤害自己。缪（miù）巧，特殊的奇术妙法。贼，害。

［哲人句］虽然先贤们远在过去，但我时刻以他们为榜样。典刑，一作"典型"。

［风檐句］在临风的廊檐下展书来读，古人正直的品德映照在我的眼前。

黄金台和吴实堂韵

汪元量

把酒上金台，伤心泪落杯。
君臣难再得，天地不重来。
古木巢苍鹘，残碑枕碧苔。
倚阑休北望，万里起黄埃。

——《湖山类稿》卷二

汪元量（1241—1317？），字大有，号水云，亦自号水云子、楚狂、江南倦客，钱塘（今浙江杭州）人。宋度宗时他以晓音律、善鼓琴供奉内廷。宋恭宗德祐二年（1276），临安陷落，汪元量随三宫迁往大都，出入宫中，受知遇于元主，曾去狱中探望文天祥。元世祖至元二十五年（1288），出家为道士，获准南归，终老湖山。著有诗集《湖山类稿》。

题解

汪元量与幼主及谢太后等北迁，往来于上都和大都之间达十余年。他写了大量关于元大都的诗歌。单单黄金台，就还有《幽州歌》："汉儿辫发笼毡笠，日暮黄金台上立。"《送琴师毛敏仲北行》："请君收泪向前去，要看幽州金筑台。"等等。

吴坚羁留当年即病故，本诗与吴坚唱和，应作于羁留早期。"君臣难再得，天地不重来"，沉痛备至，汪元量的友人李珏给《湖山类稿》作跋称："纪其亡国之戚，去国之苦，间关愁叹之状，备见于诗，微而显，隐而彰，哀而不怨，欷歔而悲，甚于痛哭，岂《泣血录》所可并也。"

简注

[吴实堂] 吴坚（1213—1276），字彦恺，号实堂。淳祐四年（1244）进士。曾任左丞相兼枢密使，与右丞相文天祥一道赴元营议和。德祐二年（1276）受命赴元大都呈降表，后被羁留，当年病故。

望江南·幽州九日

汪元量

官舍悄，坐到月西斜。永夜角声悲自语，客心愁破正思家，南北各天涯。　　肠断裂，搔首一长嗟。绮席象床寒玉枕，美人何处醉黄花，和泪捻琵琶。

——《湖山类稿》卷五

这首词上片见景生情，长夜难眠，听着北地悲凉的号角，心中郁结，对家乡充满了离愁别恨。下片虚实相生，想着旧日宫娥的富贵从容生活，最后只好把国破家亡、身世飘零之感都融入琵琶中，猛然煞尾，让人久久难以忘怀。

同时期作者还另有《秋日酬王昭仪》一诗："愁到浓时酒自斟，挑灯看剑泪痕深。黄金台愧少知己，碧玉调将空好音。万叶秋风孤馆梦，一灯夜雨故乡心。庭前昨夜梧桐语，劲气萧萧入短襟。"

简注

[永夜] 漫长的夜晚。

[黄花] 菊花。

一剪梅·怀旧

汪元量

十年愁眼泪巴巴。今日思家，明日思家。一团燕月照窗纱。楼上胡笳，塞上胡笳。　　玉人劝我酌流霞。急捻琵琶，缓捻琵琶。一从别后各天涯。欲寄梅花，莫寄梅花。

——《湖山类稿》卷五

题解

忽必烈曾在会同馆宴宋三宫，大概这次设宴也是为送汪元量南归，《水云诗钞》记载当日事，作"侍宋三宫于会同馆纪宴十首"，宋宫人一十七人，于会同馆送汪元量南还，各赋诗一章。宋少帝辞亦凄断："寄语林和靖，梅花几度开。黄金台下客，应是不归来。"

《人海诗区·驿馆》收录《宋宫人一十七人，于会同馆送汪水云南还，各赋诗一章》题下按语："既返钱塘，思燕中诸宫嫔，又作《一剪梅》词，寄怀。"

此词上片直抒胸臆，描述自己的思乡之情，十余年来，眼中所见燕地明月，耳中听到的是北边胡笳，却无时无刻不渴望回到故乡。下片回忆自己在燕京时与宋旧宫人宴饮离别的场景，别后相思之苦难耐，试图寄梅传情，又恐更加勾起愁思，语言质朴浅白，却把作者矛盾的心理勾画得淋漓尽致。深沉而循环往复的笔法，更加渲染心中愁苦。

简注

[玉人] 此处指宋廷宫人。

[流霞] 传说中仙人饮用的美酒。

[寄梅花] 古人折梅寄给远方亲友，表示思念之情。典出南北朝时期陆凯《赠范晔诗》："折花逢驿使，寄与陇头人。江南无所有，聊赠一枝春。"

初至都下即事

赵孟頫

海上春深柳色浓，蓬莱宫阙五云中。
半生落魄江湖上，今日钧天一梦同。

——《松雪斋集》卷五

赵孟頫（1254—1322），字子昂，号松雪道人，吴兴（今浙江湖州）人，宋宗室之后。元至元二十三年（1286）被行台侍御史程钜夫举荐，赴大都觐见元世祖，被授为兵部郎中。自世祖至武宗、仁宗、英宗四朝皆获礼敬，累官翰林学士承旨、荣禄大夫。赵孟頫博学多才，工古文诗词，通音律，精鉴赏。书法圆转遒丽，被人称为"赵体"，同欧阳询、颜真卿、柳公权并称"楷书四大家"；他强调"书画同源"，变革南宋院体格调，开创了元代的新画风，有"元人冠冕"之誉。其诗文风格和婉，有《松雪斋集》等著作传世。

题解

同题七绝两首，此为第一首，第二首曰："尽日车尘马足间，偶来临水照愁颜。故乡兄弟应相忆，同看溪南柳外山。"写出作者初到大都任职时的复杂心情。清顾嗣立《元诗选》选录其二，未必是从艺术着眼的。

简注

[海上] 作者自注："北方谓水泊为海子。"

[五云] 五色瑞云，这里借指皇帝所在地。唐王建《赠郭将军》诗："承恩新拜上将军，当值巡更近五云。"

[今日句] 句意是今日能到帝都，恰如做梦一样。钧天，天的中央，传说天帝所居，这里借指帝都。《吕氏春秋·有始》："中央曰钧天。"高诱注："钧，平也。为四方主，故曰钧天。"

城东观杏花

虞集

明日城东看杏花，丁宁儿子早将车。
路从丹凤楼前过，酒向金鱼馆里赊。
绿水满沟生杜若，暖云将雨少尘沙。
绝胜羊傅襄阳道，归骑西风拥鼓笳。

——《元诗选·初集·丁集》

作者简介

虞集（1272—1348），字伯生，号道园，世称邵庵先生、青城樵者、芝亭老人，临川崇仁（今江西抚州崇仁）人。虞集自少受家学，曾随名儒吴澄游学。元成宗大德初年，被举荐为大都路儒学教授；至顺三年（1332），升任翰林侍讲学士。虞集是元中期最负盛名的诗人，其诗体裁多样，典雅精切，与揭傒斯、范梈、杨载齐名，并称"元诗四大家"；亦负文名，同揭傒斯、柳贯、黄溍并称"儒林四杰"，著有《道园学古录》《道园遗稿》等。

题解

《人海诗区·都城》收录此诗。杏花为初春美景，历史上写杏花的诗歌很多，著名的像北宋宋祁"绿杨烟外晓寒轻，红杏枝头春意闹"，王安石"纵被春风吹作雪，绝胜南陌碾成尘"，南宋诗僧志南"沾衣欲湿杏花雨，吹面不寒杨柳风"……这首《城东观杏花》其实没有写杏花，而是主要写观杏花的兴致、路途见闻与历史玄想。

迺贤有《京城春日二首》，其中有名句云："宝钗换得葡萄去，今日城东看杏花。"又有《次韵赵祭酒城东宴集四首》其一："金河流水碧粼粼，御柳烟销曙色新。黄鸟只愁春去远，隔窗呼醒看花人。"其三："上东门外杏花开，千树红云绕石台。最怪奎章虞阁老，白头骑马看花来。"其三便是写的虞集东门外看杏花，和本诗呼应，当时城东观杏花雅集该是北京士大夫游春的重要项目。赵祭酒，即赵期颐，字子期，宛丘人，以书法名世。

简注

[丁宁] 叮咛、叮嘱，再三嘱咐。

[丹凤楼] 唐代大明宫的正南门叫丹凤门，高大的丹凤门门楼，被称为丹凤楼，唐人杨巨源："丹凤楼前歌九奏，金鸡竿下鼓千声。"这里借指城东门门楼。

[杜若] 一种香草。《楚辞·九歌·湘君》："采芳洲兮杜若，将以遗兮下女。"

[羊傅] 晋代镇南大将军羊祜，曾都督荆州诸军事，坐镇襄阳近十年，有德政，病逝后被追赠为侍中、太傅。

早发潞阳驿

张翥

征车如水辔如丝，望入金河欲曙时。
万里山川环拱抱，九天宫阙起参差。
风林泥泥秋多露，野淀棱棱晓有澌。
三十余年观国愿，白头今日到京师。

——《蜕庵集》卷三

张翥（1287—1368），字仲举，号蜕庵。晋宁襄陵（今山西襄汾西北）人，寓居钱塘（今浙江杭州）。以诗文知名于时，至元末年，张翥被荐于朝，参修辽、金、宋诸史。著有诗集《蜕庵集》、词集《蜕岩词》。

题解

《人海诗区·驿馆》收录此诗，题作"潞河驿"，并按："驿属通州，当冲烦之地，其置旧矣。明万历中重修屯驿，东为来宾馆、后为抚夷馆，其扁〔匾〕额有'四方来同'等名。见《快雪堂集》。"今天北京通州赵登禹大街5号院附近发现了明永乐年间潞河驿旧址。

《经世大典·站赤七》载："大都路辖水站两处，一是通州站，设站船一十只；一是通济镇站，船一百只，驴七十头。"后来明永乐年间建造的潞河驿与和合驿大概分别是在通州站和通济镇站基础上修建的。考《万历通粮厅志》"白河源流图"，潞河驿在北运河（潞河）之南，和合驿在北运河之北，那么本诗所谓潞阳驿可能正是和合驿旧址。《人海诗区·驿馆》题作"潞河驿"恐有误。通州在元代之前有别称"潞阳"，潞阳驿可笼统理解为通州的驿站。

张翥曾经写过《至通州》诗："驿卒争鸣鼓，舟人喜下桅。依然今日到，却似去年回。岸黑秋涛缩，川红夕照开。君恩忘险阻，不觉畏途来。"诗下注明："去岁南归，以九月十二日发通州。今年召入，亦以是月日至通州云。"《早发潞阳驿》诗当是作者自江南抵达通州、行将前赴京城时所作。

本诗前四句征车如水、金河欲曙、山川拱抱、宫阙参差，写出了通州作为漕运中心的繁华景象，可见水运对于元大都的重要性。"风林泥泥秋多露，野淀棱棱晓有澌"扣题"早发"。三十余年"学而优则仕"的愿望，直到熬白了头发才得以实现。张翥于至正元年（1341）被征召为国子助教，这时他已经五十四岁了，在志忝中满怀期待。

简注

[泥泥] 露水浓重的样子。《诗·小雅·蓼萧》："蓼彼萧斯，零露泥泥。"范成大《谒金门》词："泥泥縠纹无气力，东风如爱惜。"

[棱棱 (léng léng)] 形容寒冷。鲍照《芜城赋》："棱棱霜气，蔌蔌风威。"

[观国愿] 出仕的愿望。观国，本义是观察国情，引申为从政。张翥大致同时的徐秋云有《观国诗》："教坊月夜歌如水，绣局春风锦作天。挟策远臣身万里，只将金镜献君前。"

通州桥下见诀别者

宋褧

二月五日风扬沙，潞阳河津杨柳芽。
毡车离人泣红颊，摇鞭羡我能还家。

——《燕石集》卷八

宋褧（1294—1346），字显夫，大都宛平（今属北京）人，至治元年（1321）左榜状元宋本的弟弟。泰定元年（1324）进士，累官监察御史、翰林直学士，兼经筵讲官，与修宋、辽、金三史。卒赠范阳郡侯。其诗精深幽丽，长于讽喻，"务去陈言，虽大堤之谣，出塞之曲，时或驰骋乎江文通、刘越石之间。而燕人凌云不羁之气，慷慨赴节之音，一转而为清新秀伟之作，齐鲁老生不能及也"。著有《燕石集》。

题解

潞河两岸杨柳垂荫，折柳送别本文士雅俗，因此惹来无数诗思。马祖常（1279—1338）有《出都二首》其二称："潞水年年沙际流，都人车马到沙头。独憎杨柳无情思，送尽行人天未秋。"吴莱（1297—1340）《过潞州诗》："数株杨柳弄轻烟，舟泊潞州河水边。"明初通州"河水潆洄，官柳阴映"，官府种植外，民间也随处扦插，"柳荫龙舟"后被列入"通州八景"。

宋褧（jiǒng）这首绝句所写全是即目所见的实景，自然宛转，像是口占，但毡车离人和诗人还家形成对比，极富同情心。

简注

［毡车］以毛毡为篷的车子。马致远《汉宫秋》第三折："徘徊半晌，猛听的塞雁南翔，呀呀的声嘹亮，却原来满目牛羊，是兀那载离恨的毡车半坡里响。"

[摇鞭] 挥动马鞭，代指远行。柳永《引驾行》："望花村、路隐映，摇鞭时过长亭。"

河西务

傅若金

驿路通畿甸，敖仓俯漕河。

骑瞻西日去，帆听北风过。

燕蓟舟车会，江淮贡赋多。

近闻愁米价，素食定如何。

——《元诗选·二集·戊集》

傅若金（1303—1342），字与砺，一字汝砺，元新喻官塘（今江西新余）人，曾从范梈学诗。至顺三年（1332），以布衣至京师，词章传诵，为朝野所知，虞集、宋褧荐以异才。元统三年（1335），朝廷遣使者颁正朔于安南，以傅若金为参佐，不辱使命。

题解

河西务是南来北往的漕运船只往返京师的必经之路，因为漕粮需要在此转运，因而河边建有粮仓。借由运河，河西务成了一个大码头，往来车马络绎不绝，来自江淮地区的各种贡赋也让人目不暇接，然而看似繁华之下，作者却陡然一转，感慨平民百姓却要为上涨的米价而发愁，这种真切关心民间疾苦的视角，难能可贵。

傅若金的一生，就像他《远将归》所说："远将归，恨归晚。通州河头有船雇，行人将归不言远。人家生子少离乡，一生长在父母傍。自怜出入无年月，北走京师南走越。"所以他写通州的作品不少，著名的有《潞县舟中寄京师杨上舍诸公四首》，再如《发通州》："燕骑经旬发，吴船此日行。树知风起色，帆识雨来声。骤转长林暗，斜分绝塞明。河流今夜满，无复滞归程。"

简注

[河西务]《人海诗区·水淀》收录江以达《河西务柬谈地官诗》下按："务在武清县东北三十里，自元以来为漕运要途。明初，

大军由直沽败元人于河西务，今为商旅舟航攒集之地。隆庆六年（1572），筑城环之，可以守御。见《方舆纪要》。此漕渠之咽喉也，京东第一镇，户部分司于此分税。见《长安客话》。"

［畿甸］京畿地区。

［敖仓］秦代在河南荥阳东北敖山设置的粮仓，此处泛指粮仓。

京城春暮

萨都剌

三月京城飞柳花，燕姬白马小红车。

旌旗日暖将军府，弦管春深宰相家。

小海银鱼吹白浪，层楼珠酒出红霞。

蹇驴破帽杜陵客，献赋归来日未斜。

——《元诗选·初集·戊集》

萨都剌（约1307—1359后），字天锡，号直斋。其先世为西域人，出生于雁门（今山西代县），元泰定四年（1327）进士，授应奉翰林文字。担任江南行御史台掾史一职期间，萨都剌前往荆楚、幽燕、上都等地，结交张雨、倪瓒等知名士人。《辽金元宫词》收其宫词八首。晚年居杭州。萨都剌善绘画，精书法；诗风清丽俊逸，文辞雄健，间有豪迈奔放之作。萨都剌写词不多，但颇有影响，后人誉之为"有元一代词人之冠"。

题解

这首诗描绘了京城农历三月的繁丽景象。柳花、燕姬、白马、红车，富有动感。富贵人家旌旗悬张、弦管齐奏。"小海银鱼吹白浪，层楼珠酒出红霞"，透出豪华与惬意。诗人自己虽然蹇驴破帽，但饱有才华，向贵人献上新作，回来的时候太阳将斜未斜。

本诗又题"京城春日"，可以和另一首《寄友》比照阅读："紫禁莺花老，京城四月初。层楼开别酒，小海出银鱼。度日轻肥马，朝天借蹇驴。愿言江海上，亦有病相如。"二者结构立意大致相同。

简注

[小海银鱼] 小海，疑北海或者什刹海。银鱼，银白色的鱼。

[蹇（jiǎn）驴] 跛蹇弩弱的驴子。

［杜陵客］诗人自指。诗圣杜甫祖籍杜陵，也曾在杜陵附近居住，常自称杜陵野客、杜陵野老、杜陵布衣。杜甫《醉时歌》："杜陵野客人更嗤，被褐短窄鬓如丝。"后来常常作为诗人自称，例如杜牧《睦州四韵》："残春杜陵客，中酒落花前。"

读金太祖武元皇帝平辽碑

迺贤

十丈丰碑势倚空，风云犹忆下辽东。

百年功业秦皇帝，一代文章太史公。

石断龙鳞秋雨后，苔封鳌背夕阳中。

行人立马空惆怅，禾黍离离满故宫。

——《元诗选·初集·戊集》

作者简介

迺贤（1309—1368），字易之，号河朔外史，合鲁（葛逻禄）部人。先居南阳，后其兄塔海仲良入仕江浙，他随之迁居鄞县（今浙江宁波）。至正五年（1345）离浙北上，见黄河灾后瘟疫肆虐，民死者过半，以当时亲历见闻写成《新乡媪》《颍上老翁歌》等长诗。北行期间，他对沿途山川古迹均留意察访，每有感触，便作诗歌述志言怀，亦有"诗史"之称。在大都期间，他广结名流，对典章制度无不研习精到，著述有《金台集》《河朔访古记》等。

题解

完颜阿骨打崛起后，曾数次攻辽。他先占领辽东京（今辽宁辽阳），称帝后，于天辅四年（1120）亲自督战，攻占辽上京。后相继攻陷辽西京、中京。天辅七年，联合宋军进占辽南京。不久，阿骨打病死，谥号武元皇帝，庙号太祖，葬于金上京（今黑龙江阿城白城镇）宫城西南。天会十三年（1135），改葬和陵，金熙宗立《开天启祚睿德神功之碑》于燕京城南的阿骨打驻跸之地。皇统四年（1144），改和陵为睿陵。海陵王迁都燕京后，又移葬于大房山（今房山金陵），仍称睿陵。

本诗便从阿骨打在辽东发迹开始写起，赞誉他功业初创可以媲美秦始皇，燕人韩昉为他写的碑文精彩切当，可以媲美太史公司马迁。但现在碑上的龙纹都断裂了，驮着石碑的鳌背上爬满苔藓。进入丰宜门，诗人看到繁华一时的前朝故宫里禾黍肆意生长。

简注

[平辽碑] 原诗有注:"在南城丰宜门外,金史臣韩昉撰,宇文虚中书。"丰宜门,金中都之正南门。《金史·文艺传》:"韩昉,字公美,燕京人。……善属文,最长于诏册,作《太祖睿德神功碑》,当世称之。"

[禾黍离离] 禾黍,稻谷与小米,泛指粮食作物。离离,繁茂的样子。《诗·王风·黍离》:"彼黍离离,彼稷之苗。"《史记·宋微子世家》:"麦秀渐渐兮,禾黍油油。"后世常以"黍离之叹"来表达对故国的怀念与凭吊。

殿前欢·大都西山

唐毅夫

冷云间，夕阳楼外数峰闲。等闲不许俗人看，雨髻烟鬟。倚西风十二阑，休长叹。不多时暮霭风吹散。西山看我，我看西山。

——《全元散曲》

唐毅夫，字、里、生卒年及生平均无考，元仁宗延祐中前后在世，朱权《太和正音谱》将其列于"词林英杰"。

题解

殿前欢，双调曲牌名，又名"凤将雏""凤引雏""燕引雏"。结句很有意思，类似于李白《独坐敬亭山》"相看两不厌，只有敬亭山"，辛弃疾《贺新郎》"我见青山多妩媚，料青山见我应如是"，都体现出物我交融的自然境界。〔殿前欢〕曲牌多有类似的修辞，如阿里西瑛〔殿前欢〕《懒云窝》"呵呵笑我，我笑呵呵"，卫立中〔殿前欢〕《碧云深》"云心无我，云我无心"，张可久〔殿前欢〕《爱山亭上》"青山爱我，我爱青山"，等等。

以散曲写北京风物，著名的还有鲜于必仁以曲牌〔折桂令〕写《太液秋风》《琼岛春阴》《居庸叠翠》《卢沟晓月》《蓟门飞雨》《西山晴雪》《玉泉垂虹》《金台夕照》等燕山八景。

冯子振也曾以〔鹦鹉曲〕写《燕南八景》："芦沟清绝霜晨住，步落月问倚阑父。蓟门东直下金台，仰看楼台飞雨。道陵前夕照苍茫，叠翠望居庸去。玉泉边一派西山，太液畔秋风紧处。"

简注

〔等闲〕寻常。

〔雨髻（jì）烟鬟（huán）〕意思是西山数峰山头就像烟雨中的美人髻鬟，有朦胧之美。

［倚西风十二阑］在西风中诗人倚遍栏杆。十二，约数，众多的意思。黄庭坚《雨中登岳阳楼望君山》："满川风雨独凭栏，绾结湘娥十二鬟。"

北京八景圖

〔明〕王紱　绘

金台夕照

金臺八賞

昭王此處有高臺落日城邊霽景開想百金宋駿骨終和千
里得龍媒對連平塹烟光合鳥帶遙空暝色旦總謂招賢從
始只令惟載樂生中

金幼孜

高臺曾此眺黄金人去臺空碧草深落日末窮千里望青山
色聯半城陰居將秋色東平野鵶帶寒光逈逵林
昭代賢才望用盡不湏懷古易長吟

曾棨

高臺一上思悠然却望平原夕照邊城遠玉泉明素練天低鷰甸散清烟奇
才豈為黄金重駿骨猶誇鄭隗賢
治世明良今按如熙盛不待訪嚴泉

林瀚

山色微茫映古臺平原千里夕陽開誰知碧草遺基在曾見黄金圜
士來樹遠河流天外去鳥翻雲影日邊回清時自重非熊叟不獨奇
謀得俊才

梁潛

王洪

獨上高臺望古城暮天風景尚含情數峰殘照雲將掩幾樹閒花
鳥自鳴玉帛已看今日會黄金空記舊時名顧歌周雅思皇猷多
士衣冠盛鎬京

王英

金臺有三處並在易州易水東南去縣三十里者曰

東南十六里者曰西金臺去縣東南二十五里者曰小金臺昔燕昭王尊郭隗築宮
而師事之置千金於臺上以延天下士遂以得名其後金人慕其好賢之名也

建此臺今在舊城內後之遊者往往極目於斜陽古木之中徘徊慕想以寄其遐思

故曰金臺夕照

高臺百尺倚孤城斜日蒼茫弄晚晴千里山川迴望處萬家樓閣入空
明黃金尚招賢意白髮難勝慨古情肯畫翻□暗鳥没古原秋草
暮雲平

胡儼

獨上高臺斜日紅遙天極目思無窮追□關塞巖湮外笛、山河
錦繡中鴻鴈戛聲催暝色牛羊幾處秋風黃金鑄盡人何在
青史傳來事不空

獨攜尊酒上金臺尚想當時國士才未落木千章寒日下長空萬

太液晴波

仙仗到幾時還載酒船回從知弱水通三島應有羣僊獻壽來

　　　　　　　　　　　　　　　　金幼孜

靈沼溶二淋氣回玉泉夜映碧如潜瀊迴鰲背山人運曰照龍
鱗鏡影開飛鳥慣隨儚仗過游魚識翠華来顧傾池水成春
酒添進南山
萬壽杯
　　　　　　　　　　　　　曾棨

池頭旭日敷輕烟開鏡清光迴九天翠柳長慷經雨後綠葑
香媛浮春笎御溝流出通霎乢仙派方來自玉泉之錦奲口
臨宴樂承影魚藻繼閡蕃
　　　　　　　　　　　　林瑈

蓬島前頭太液池搖風漾日動漣漪魚龜已慣迎仙舫鸎鷺應能識翠
新着雨錦藜開晚鏡彿烟翠柳中晴絲同人自昔歌靈沼頒沐
恩波一獻詩
　　　　　　　　　　　瑹潛

仙沼天開近
帝闕碧漪千頃漾睛暉春涵樹色浮
金閣暖泛花香逗紫微神鯉迸銀漢躍水禽長帶綠雲飛百川喜逐
恩波遠萬里朝宗向此歸
　　　　　　　　　　王洪

杜若花深雨露香滿池春浪接天潢樓臺沖寫室中秋日月長湔鏡裡
光有象氣駐眥我瑞無心陽兮氣遇沺應出
聖澤深如海已有
恩波及萬方
　　　　　　　　王英

太液池在

皇城之右東瞰瓊華島而西北南三向極深廣芰荷菱芡舒紅卷翠魚躍鳥浮上下

天光真勝景也東南有儀天殿中架長橋以通往來又土臺松檜蒼然天氣清

明日光滉漾而波瀾漣漪清澈可愛故曰太液晴波

萬頃溶溶太液池水紋如縠疊晴瀾春生頻藻浮香氣暖晃鷗散羽

儀鳳細綿堤龍影動雲開玉覽日光遶午二此日

宸遊慶魚鳥應綠仗移

　　　　　　　　胡儼

畫橋凫鷹動春聲散寒烟日正晴游鯉暖依芳藻出飛花拂

時拂綠漪輕好同縈水浮龍馬不比昆明隱石鯨幾度天黝分瀉

去甘霖到霊濤著生

太液晴涵一鑑開溶溶漾漾自天來光浮雪練明金闕影帶晴虹

琼岛春云

金幼孜

自是蓬萊第一峰彩雲十疊暎芙蓉隔牎暝拂花枝重繞殿晴
添栁色濃影度儌岩常帶雨兊浮禁苑畫成龍細緼不獨隨天
伏更芃祥烟護九重

曾棨

蓬萊雲氣曉絪緼島凌空接紫宸日上九重逢動色春來平
彩自成文氣邊媛暎臺興度仗外倚隨寶箱分知清吋多瑞
聖德吾華勸
庭頒歌

林環

廣寒臺殿俯巖螯坐見春雲擁翠濤幾度
九門迷苑樹天分五絲絢宮桃拂軒暗引鑪烟細繞殿晴含瑞氣高幾
度上林曾獻賦龍文斜映鬱金袍

梁潛

瑤圉瓊臺接太清鳳文龍彩照春晴
九重自逐祥風轉五色長承瑞日明珠樹望來留鶴駯翠華行家
文王化顏以周詩頌太平
王洪

蓬萊擁翠闊金殿雲氣凝春勝彩霞晚色迴溽千樹柳晴光潦暎
萬年花綻為大地旋霖雨更傷晨捧日華瑞綵細緼長不裁
從來此地是仙家
王英

瓊島在

皇城西北苑中下瞰池水環以雄堞地勢坡陀疊石為山碧岩砢層疊而上石陰
陰洞蒙叢薈蔚喬松古檜深翳隱然神仙洞府也謂之大山于山頂有廣
寒殿之四隅各有亭左二亭曰玉虹方壺右二亭曰金露瀛洲山半有三殿中
曰仁智東曰介福西曰延和其下太液池前有飛橋以通天殿東有玉橋以通
瓊林苑山之上常有雲氣浮空氤氲五采鬱鬱紛紛變化俞忽莫測其妙故曰瓊
島春雲

仙山高處玉為臺五色春雲拂曙開縹緲映空連禁掖氤氲承日護遷遙
茉碧窓朱戶盈 度瓊圓瑤林卉 自是成龍佳氣在應隨驚鶴共徘徊
胡儼

萬歲山高玉作臺卿雲垂彩畫圖開九重天上起龍起太液池
頭伴鸞迴松靜晚烟同縹緲花深晴嵐共徘徊何須更說蓬萊
境不是飛仙不看來

仙島依微近紫清春光淡蕩暖雲生下經樹杪和烟濕輕霞花
枝過雨晴每日氤氲浮玉殿常時縹緲金莖芝 起甘

玉泉垂虹

遠天魚動細紋生雨後融巔纖紅浪楚風前源，自是即滄海作思
波遍九垓

金幼孜

跳珠濺玉岫巖多盡日寒灘薜蘿昧影涵空鱸雪練曉光橫野
落銀河潑溪舊繞芙蓉殿涴漾遙添去淥波夏待鹵湖春浪闊
蘭橈來聽濯纓歌

毃

浮花濺玉龍龕崔巍迴向出千岩奔不回白日牛宮雨玉青林
一通見煙朝月分秋那雲遶去風送寒聲楢杪來流入宮
牆天漠遠還同瀛海逢萊

林環

飛瑞出磬玉虹垂度陌穿林出漸邐迤映途空浮滉漾深銀漢靜遠
遠寒光洲漫蓬萊苑暖浪迴通太液池都許尋源天上客乘槎汗漫者
難期

梁潛

碧嶂丹崖瀉不停翠微雲淨轉分明春風不散空中影夜月偏聞樹
底聲內苑分來瑤水合御橋流出鳳池平仙源信與人間別歲年
秊長自清

王洪

陰屋翠溫雨初收一派清泠萬壑雷雲裏玉虹低映日天邊銀漢
迴涵秋影隨斜月寧林遍香汛岳花出此流涫，不向人間去細
逐春風入御溝

王英

玉泉在宛平縣西北三十里山有石洞三一在山之西南其下有泉深淺莫測一在
山之陽泉自山而出鳴若雜珮色如素練泓澂百頃鑑形萬象莫可擬極一在
山之根有泉涌出其味甘冽門刻玉泉二字山有觀音閣又南有石巖名曰呂公洞
其上有金時芙蓉殿廢址相傳以為章宗避暑處以茲山之泉遶逶曲折宛然
其流若虹故曰玉泉垂虹

碧嶂雲巖瞰玉泉平流寧似瀑流懸遙看素練明秋蓼却訝晴虹飲
碧川飛沫拂林空翠濺跳波碎石碎珠圓傳聞絕頂芙蓉殿猶記明
昌避着年

山前尌庭碧迢迢若說源頭出霅遙斜落石梁鼕鼗澗遠趨滄海
欲吞潮聲逆炎雨添來急影逐晚風吹不消太浪池邊春似錦
綠波長帶羣烟飄

一泓清泠蝶蝀懸涵雲浴霧自年聲迴曉闢鳴清珮影落秋崖
濕紫烟石礎磚來幽間東遙也分出

居庸疊翠

鳳闕壯神州烟生暝睨十岩曉露瀼芙蓉蕭鬱種玉气自應成五
彩龍文長衛曰邊浮

曾榮

積翠岧嶤北斗傍雲開子疊軸屏張連峯上接中天逈絕嶸
迴臨朝浮長雪浚烟嵐分秀色華表章本蕡
思光太平四海無烽熒不敢春關百之強

林環

千巖萬壑鬱蒼：凝翠浮嵐北斗傍高倚太行連絕漢遙連碥
石控扶桑浮空紫氣中霄見映日晴霞五彩張至治非關天設
險諸藩玉帛自來王

梁潛

岩巒重疊倚天開翠色橫秋海上來萬里長城連朔漠九霄佳氣
接蓬萊閶鶡闕史開門早貢馬蕃王納土嶺刻蒼崖歌
聖德漢家令穀子雲才

王洪

千峯高處起居城宝裏岩光積翠明雲淨芙蓉閒露色天清
鼓角散秋聲北連青塞烟烽旂南接金臺驛路平此地由來天
後陰萬年形勢壯
神杂

王英

居庸去北京九十里在昌平縣西北三十里關之中延袤四十餘里兩山夾峙一水旁流騎通連馳車行魚輛先入南口過關入北口彈琴道旁有石曰仙枕兩崖峻絕層疊蒼翠又有石城橫跨東西兩山南北設二門敵臺十二置軍衛以守之淮南于云天下有九塞居庸其一焉南頻臨軍都六謂之軍都山以巒山蒼翠秀麗故曰居庸疊翠

山嶠西北擁居庸百疊參差積霉中草木常含春雨霽峰巒疑陽晚煙空雲連朔漠提封逺地拱神京控制雄萬古峻關天設險長留雲色照無窮

雄關積翠倚崇崖碧封經霜葉未凋萬里風煙道紫塞四時雲霧近青雪層城杳靄山連雄絕澗霆巖石作橋南北車書今混一行人來往豈辭遙

胡儼

摩山巒列勢峥嶸日照峰翠積明高出煙霞通絕勝巨盧九疊橫尾從常時經此
關擁神京休論畫谷雙崖險
霞坐看天際白雲生
人行春雨外封邊鳥度夕陽中北巡記得隨

楊榮

戴嶮天關復業重龍飛鳳翥勢偏雄千山黛色落平野萬里煙光明逺空峽口

蓟门烟树

香靄五雲　　金幼孜

東風綵對繞郊畿烟景蒼蒼
翠靄江城邊隱隱
望恐經霜後葉皆飛

靄烟綠楊古城闉壁色瀲灔花撲人津長帶
各空翠送行人連林原晴子門夕拂水枝長幾度春郊
愛東風隄上飛鴉映驟馬聰驄聯

薊門東望古城西烟樹重重遠近春玄圓人家行處好瀟洲樓閣望
中迷連翩寶馬穿堤去不斷新鶯到處啼應待雨晴涼氣入綠陰深
慶酒重攜

深潛

萬家楊柳暗春城曙色微分乳燕鳴空翠不隨香霧散清陰猶帶
晚寒輕平川看靄迷征騎小苑依微拂去旌景是清明看花處裝
回吟望獨念情
王洪

逶迤重城帶遠岑烟中古木更森森繁枝不逐風霜老核翠遮含雨
露深看霧殘霞連暮免依微初日散拖枝頭偏有流鶯囀未盡去
聲入上林
王英

薊門在舊城西北隅門之外舊有樓館雕闌畫棟凌空縹紗遊人行旅往來其
中多有賦咏今並嚴而門猶存二土皐樹木翁鬱蒼蔚晴烟拂空四時不改
故曰薊門烟樹

古城西北薊門前望通郊坼樹如烟十里清陰遙遞帶郭萬株濃綠上泰
天行人歇馬偏留戀遊客聽鶯梔共惜韶光更看搖落慶長吟作是
夕陽邊
　　　　胡儼

薊門烟尌鬱青葱樹應人家叟、同遠近樓臺空翠裹往來車馬
綠陰中晚寒花影溜殘月日暖鶯聲度好風薊北逶迤來佳麗地
相連陌上鼻惣、

薊門春雨散浮埃樹烟濱濛霽欲開十里清陰連紫陌半空翠

卢沟晓月

金幼孜

平沙接遠堤一帶殘月石梁函光連古戍迷濛影寒逐清
霜人馬蹄雲磴漸隨銀漢浸烟空微暎玉繩低經過曾此陪傾
蹕兩度停驂聽曉雞

曾棨

珠宮翠館曉寒凄月色沙光入望迷野戍連雲見高人家
臨水遠開雞波間素涵秋淨天際清光暎鳥上曾驚
殘夢動鐘聲遙度禁城西

林環

迢遞奏乾河水平東方欲曙月斜明蘆花釣船漁初去茅屋人家雞正
鳴恐尺嚴城通御氣依微紫禁動鐘聲石梁如砥霜華淨相庭

梁潛

河上人家尚掩扉河中孤月蕩寒輝清霜古店聞雞落葉空林
見客稀飛鴈漸隨秋影沒遠山逶映曙光微壯遊記得從東道匹
馬高吟此際歸

王洪

渾河東去自悠悠斜月偏宜入早秋驍色微涵漁波動殘光橫弈
浪花流練鍾於度千門曉足馬曾為萬里遊題柱浚勞回首事
西風裘夜滿貂裘

王英

盧溝本桑乾河曰渾河亦曰小黄河上自保安州界歷山南流入宛平縣境至都城四十里東麻峪分為二派其一東流經金口引以注都城之濠又東入于大興縣界其一東南流入于盧溝又東歷清潤店又東入于東安縣界去都城三十里有石橋跨于河廣二百餘步其上兩旁皆石欄雕刻石獅形狀奇巧成於金明昌三年橋之路西通關陝南達江淮兩旁多旅舍以其密邇京都行人使客往來絡繹不絕踈星曉月曙景蒼然亦一奇也故曰盧溝曉月

河橋殘月曉蒼蒼照見盧溝野水黄樹入平郊分淡靄天空斷岸隠微光北趍禁闕神京近南去征車客路長多少行人此來往馬蹄踏盡五更霜

胡儼

半輪斜月隠青山山色微茫馬上看水際石梁雲影淡沙中茆屋夜燈殘鷄聲唱曉星將落雀羽翻林露正寒舉首衹亰東望近天邊紅日上金盤

河聲流月漏聲殘只尺西山霧裏看遠樹依稀雲影淡踈星寥

西山霽雪

回頻極目徙将郢曲頌年豐

王洪

天迴瑞峯盡向陽暖融晴雪見春光素華疊映雲霞色瑞氣多含
卉木香滿覺巵林多喜近遙瞻室翠出微范為法東風吹消盡且
留歡泳付仙郎

王英

西山在都城之西来自太行争奇献秀佳气葱上干云霄不知其几十万
里巇狄而高窈然而深回璞把抱连回蟹岫望之若不可窥值大雪初霁凝华
积素若屑琼雕玉千峰万壑宛若图画故曰西山霁雪

西山遥望起峻岩壑生寒千峰积素秋分林明晓日寒光出素映
晴霄断崖稍见游踪踪深谷的迷野客应是阳和氰回早登临未
惜马蹄迷

胡儼

西山日上雪初晴素辟银屏万叠明高树迎风飞玉屑小桥流
水溢琴声恍疑沧海通三岛绝似崑崙见五城但使年〃岁豊检
粟麻燕雀遂生成

雪霁西山玉作屏琼林瑶树晓光凝清风晴洒千岩两碧春
融万壑水荣枕山时宜蜡屐寻岑何处有蓬灯迷来山土多于
傑不独山阴兴可乘

金幼孜

海上云政旭景新连峰积雪净如银晴光迥入千门晓淑气先回上
谷春瑶封生辉寒巳散琼林销凍晓偏日玉堂相對题诗好移席
钩箔坐夕熙

曾棨

茗蔑远岫倚誉冥积素䌸消摊画屏雪影尚连千嶂白日筝先
映毂峰青林藏玉气樵人识太雒昊沄客听政欵登韶窮絕
蠍餘寒猶靓在岩扃

林瓛

犛山荆玉逺集皆〃紫霓譜洪齋霽呀日暘林光浮
一岫阳春人畫乐嵏年乙巳太平期

林璪

鳳翮煖溪涧水到龙池峯顕逸青姬䰀林抄瑩各玉露溁

西山高靐玉楼荊积雪新晴景更妍蚑人雕棂逬隐映光分翠叠廻
相鮮平有瑶島生瑤屿暗覺銅池滟玉泉育信鄴阳支燕和抽亮

燕山八景圖

〔清〕张若澄 绘

· 琼岛春荫

太液秋风·

· 玉泉趵突

西山晴雪·

· 蓟门烟树

卢沟晓月．

· 金台夕照

居庸叠翠·

明清诗

三十首

燕山春暮

张羽

金水桥边蜀鸟啼，玉泉山下柳花飞。
江南江北三千里，愁绝春归客未归。

——《列朝诗集·甲集》卷九

张羽（1333—1385），字来仪，更字附凤，号盈川，浔阳（今江西九江）人，后移居吴兴（今浙江湖州），与高启、杨基、徐贲合称为"吴中四杰"，又与高启、王行、徐贲等十人合称"北郭十才子"。官至太常丞。山水宗法米氏父子，诗作笔力雄放俊逸，著有《静居集》。

题解

金水桥、玉泉山都是北京久负盛名的胜景，而诗人家于江南，离乡千里，难免常有思乡之情。他在金水桥前听到杜鹃"不如归去"的叫声，又在玉泉山下看到柳花飘飞，知道春色已暮，杜鹃啼鸣，不啻送春归去，然而春可归去，诗人羁旅燕京，何日可归，尚无头绪，故云"春归客未归"。

简注

[金水桥] 分有内、外两桥。内金水桥位于故宫内太和门前广场内金水河上，是五座并列单孔拱券式汉白玉石桥的合称；外金水桥横跨于天安门、太庙、社稷坛前的金水河上，是七座三孔拱券式汉白玉石桥的合称。

[蜀鸟] 即杜鹃鸟，又名杜宇、布谷鸟、子规鸟，传说为蜀帝杜宇所化。

[玉泉山] 位于北京海淀西山山麓，因其泉水"水清而碧，澄洁似玉"而得名，由于玉泉山依山面水，所以自辽金起，就有帝

王在此修建行宫消夏避暑，是远近闻名的京畿胜景。

　　［春归客未归］承上"蜀鸟啼"而言。李白《闻王昌龄左迁龙标遥有此寄》云："杨花落尽子规啼。"杜鹃啼鸣于暮春，啼声近似"不如归去"，令人思念家乡，故诗人有此语。

入 京

于谦

手帕蘑菇与线香，本资民用反为殃。

清风两袖朝天去，免得闾阎话短长。

——《水东日记》卷五

于谦（1398—1457），字廷益，号节庵，钱塘（今浙江杭州）人，永乐十九年（1421）进士。明正统十四年（1449），蒙古瓦剌部寇边，明英宗亲征，在土木堡（今河北怀来境内）兵败被俘。于谦拥立明英宗之弟朱祁钰继位，是为明代宗，并击退瓦剌军，赢得了北京保卫战的胜利。景泰八年（1457），明代宗病重，明英宗发动"夺门之变"复位，于谦被构陷，以"大逆不道，迎立外藩"的罪名遇害。

题解

据叶盛《水东日记》，于谦巡抚河南、山西，前后近二十年，每次进京议事，从不带任何土产赠送权贵。当时在开封流传他作以明志的《入京》诗，颇有人能背诵。全诗语言质朴，不事雕琢，却反映出诗人一心为民、不肯谄媚权贵的铮铮铁骨。

今天北京东城西裱褙胡同甲23号有于谦祠，于2009年依托清光绪年间祠堂格局修葺完成。此处最早建于明万历二十三年（1595），本是于谦奉调入京时的故居所在。

简注

[手帕句] 手帕、蘑菇、线香都是当时外地官员入京时以之馈送权贵的土特产。

[闾阎 (lǘ yán)] 古代里巷内外的门。这里指平民百姓。

西涯杂咏十二首·桔槔亭

李东阳

野树桔槔悬，孤亭夕照边。
闲行看流水，随意满平田。

——《李东阳集》卷十九

作者简介

李东阳（1447—1516），字宾之，号西涯。籍贯茶陵（今湖南株洲茶陵），生于北京。天顺八年（1464）进士，官至吏部尚书、华盖殿大学士，为弘治、正德两朝重臣。死后葬畏兀村（今魏公村）。李东阳在文学上开创"茶陵派"，力主宗法杜甫，上承明初之"台阁体"，下启"前后七子"。著有《怀麓堂集》《怀麓堂诗话》等。

题解

李东阳祖居西涯，成名后仍对少年成长之地抱有深厚感情，《西涯杂咏》是他为什刹海一带胜景创作的十二首五言绝句的总称，每首一景，分咏海子、西山、响闸、慈恩寺、饮马池、杨柳湾、钟鼓楼、桔槔亭、稻田、莲池、菜园、广福观。本首所咏之桔槔亭，具体地望已经无从考证，据诗意，当在什刹海沿岸，临近水田。

简注

[西涯] 据法式善《西涯考》，即今北京西城西海，李东阳祖居在此一带，故以"西涯"为号。他在《曾祖考少傅府君诰命碑阴记》中写道："府君在国朝洪武初以兵籍隶燕山右护卫，挈先祖少傅府君以来，始居白石桥之傍，后廓禁城，其地已入北安门之内，则移于慈恩寺之东、海子之北。"据《长安客话》，慈恩寺在海子桥（今称万宁桥、后门桥）西北，则李东阳之祖居位置大致

可以推想。

[桔槔（jié gāo）]亦作"颉皋"，俗称"吊杆"，是一种利用杠杆力量提举取水的工具。通常形式是在井旁架上设一杠杆，一端系汲器，一端悬、绑石块等重物，用不大的力量即可将灌满水的汲器提起。

帝京篇十首（其二）

李梦阳

渔阳北塞古风沙，二月春风万柳斜。
蓟门转作长安苑，燕桃开出武陵花。

——《空同集》卷三十五

李梦阳（1473—1530），字献吉，号空同子，庆阳（今属甘肃）人。明弘治七年（1494）进士，提倡"文必秦汉，诗必盛唐"，他与何景明、徐祯卿、边贡、康海、王九思、王廷相号称"七才子"，因嘉靖年间又有"嘉靖七子"之说，故李梦阳等七人又被后人称为"前七子"，而以"嘉靖七子"为"后七子"。有《空同集》等传世。

题解

《帝京篇》是诗人描述京城风物的组诗，一共十首，本书选取了第二首。诗人以古今对比的方式，巧妙写出北京的悠久历史与丰富内涵：古代的渔阳是边地北塞，风沙漫天，如今刚到二月就已是一片柳枝飘摇的美景，蓟门边镇成了汉朝的上林苑，燕地的桃树也能开出武陵桃源一样美丽的花。京师春季景物之美跃然纸上。

简注

［长安苑］即汉长安城外的上林苑，是由宫殿、园林和天然林地结合而成的皇家园林。

［武陵花］即桃花，用《桃花源记》典故。武陵，一作"五陵"，则指西汉时期的高祖长陵、惠帝安陵、景帝阳陵、武帝茂陵、昭帝平陵，都在渭水北岸，地处今陕西兴平东北至咸阳附近，是当时富家豪族和外戚居住之地，后世常以之为贵家的代称，则作"五陵花"亦可通。

哀哉行四首（其一）

谢榛

燕京老人鬓若丝，生长富贵无人欺。

少年慷慨结豪侠，弯弓气压幽并儿。

自嗟尔来筋力衰，动须僮仆相扶持。

忽惊杂虏到门巷，黄金如山难解危。

余息独存剑锋下，子孙散尽生何为。

厩马北驱嘶故主，劲风吹断枯桑枝。

哀哉行，天何知。

——《谢榛全集》卷二

作者简介

谢榛（1495—1575），字茂秦，号四溟山人、脱屣山人，山东临清人。谢榛与李攀龙、王世贞等倡导文学复古运动，与宗臣、梁有誉、徐中行、吴国伦等被合称为"嘉靖七子"，也常被称为"后七子"，以区别于"前七子"。著有《四溟集》《四溟诗话》等。

题解

嘉靖二十九年（1550），蒙古土默特部首领俺答汗因和明朝"贡市"不遂而犯大同，后又由古北口进攻北京，在城外焚掠骚扰八日，得到明朝通贡的允诺后退去。因这年是庚戌年，史称"庚戌之变"。诗人感事伤时，写下四首《哀哉行》，分别哀叹老人、小儿、少妇、女儿在惨变中的遭遇。本篇描写生于太平时节的燕京老人，少年时慷慨任侠，到了老年却惨遭劫掠，家破人亡，黄金如山亦无所用，只有厩中马匹嘶鸣恋主，境遇可谓凄惨。

简注

［燕京］明清以后，常用"燕京"称今北京地区。

［鬓若丝］两鬓的头发像丝一样白。

［自嗟句］感叹近年来年老力衰，行动都需要别人搀扶。

［厩马句］马厩中的马长嘶，意图向北驱驰，保家卫国。

寄元美（其三）

李攀龙

蓟门城上月婆娑，玉笛谁为出塞歌。
君自客中听不得，秋风吹落小黄河。

——《沧溟先生集》卷十三

作者简介

李攀龙（1514—1570），字于鳞，号沧溟，历城（今山东济南）人。明嘉靖进士，官至河南按察使。继"前七子"之后，与谢榛、王世贞等倡导文学复古运动，为"后七子"的领袖人物，文学观点和创作风格大体上与"前七子"相同，主盟文坛二十余年，其影响及于清初。著有《沧溟先生集》。

题解

这是作者寄赠王世贞的绝句之一。在诗中，月照蓟门，秋意萧瑟，远处传来伴着笛声的出塞歌。作者对朋友说：想来你身在客中，是听不得这种音乐的，秋风已经把笛声和歌声吹到小黄河中了啊。诗人使用秋风、玉笛、出塞歌等意象，构建了一幅清冷悲凉的景象，颇有唐人意趣。

李攀龙、王世贞等人在京时时相聚酬唱，诗风很相近，例如王世贞有《别于鳞、子与、子相、明卿十绝》，题目中四人分别为"后七子"中的李攀龙、徐中行、宗臣、吴国伦。其二曰："鸣鞭醉色傲幽州，饮马滹沱水乱流。明月独悬南北泪，黄云偏载古今愁。"

简注

[元美] 即王世贞（1526—1590），小传见本书《和合驿》。

[婆娑] 徘徊。

[小黄河] 即浑河、卢沟河，今永定河，元明时期人们习惯称之为小黄河。

绝命诗（其一）

杨继盛

浩气还太虚，丹心照千古。
生前未了事，留与后人补。

——《杨忠愍集》卷三

杨继盛（1516—1555），字仲芳，号椒山，直隶容城（今河北容城）人。明代中期著名谏臣，嘉靖二十六年（1547）进士，累官兵部员外郎。嘉靖三十二年，因上疏力劾严嵩"五奸十大罪"，遭诬陷下狱，在狱备经摧残，嘉靖三十四年遇害。

题解

本诗传闻为杨继盛临刑前将自书年谱交予其子之后，随口所作两首《绝命诗》之一，另一首是："天王自圣明，制度高千古。生平未报恩，留作忠魂补。"两首均不事雕琢，直抒胸臆，让几百年之后的我们也能感受到作者对国家的一片赤诚之心。

今北京西城达智桥胡同 12 号有杨椒山祠，本是他的故居松筠庵，清乾隆年间所建。戊戌变法时，以康有为、谭嗣同为首的举子们，在这里聚会，发起"公车上书"。

简注

［浩气］即浩然之气，也称浩然正气。《孟子·公孙丑上》："我善养吾浩然之气。"文天祥《正气歌》："天地有正气，杂然赋流形。下则为河岳，上则为日星。于人曰浩然，沛乎塞苍冥。"

［太虚］古代哲学概念，指作为宇宙本原的实体"气"，也泛指天地宇宙。宋人张载《正蒙·太和》云："太虚无形，气之本体，其聚其散，变化之客形尔。"

和合驿

十年尘暗蓟门楼，万里风来汉使舟。

挂席昼移横海日，鸣桡秋荡大河流。

孤城奏角黄云合，远戍逢砧白雁愁。

吾道岂应长踯躅，乾坤此去有沧洲。

——《弇州山人四部稿》卷三十三

作者简介

王世贞（1526—1590），字元美，自号凤洲，又号弇州山人。苏州太仓（今江苏太仓）人。嘉靖二十六年（1547）进士，为文坛盟主数十年，与李攀龙并为"后七子"领袖。文学主张与"前七子"相似。著有《弇山堂别集》《弇州山人四部稿》等。

题解

王世贞认为作诗要效法盛唐，他说："盛唐之于诗也，其气完，其声铿以平，其色丽以雅，其力沉而雄，其意融而无迹。故曰盛唐其则也。"王世贞关于通州的多首诗歌庶几近之。例如《送陈子兼迁水部治通州河》"河流雨挟千艘上，关辅云连万雉翔"，《通州署中杂兴四首》"睥睨西山寒塞色，帆樯北斗挂河流"等等均是实景。这一首《和合驿》首联时空阔远，颔联、颈联气象宏大，尾联高扬，又有不尽之意。

明代北京通州有两所驿站：潞河驿与和合驿，均水陆交会，极其显要。明《寰宇通志》载："和合驿在通州南六十里。"清《嘉庆重修一统志》说"和合驿，属顺天府通州。永乐中置"。和合驿当时设在和合村，后移至张家湾古镇。清康熙年间潞河驿也移至张家湾，与和合驿合并。

简注

[横海] 横行海上。朱敦儒《水龙吟》词："玉凤凌霄，素虬横海。"汉代韩王信曾孙韩说曾随大将军卫青出征匈奴，后来被授

予横海将军，又抗击东越有功，受封按道侯。

［鸣桡（ráo）］ 开船的意思。杜甫《奉送崔都水翁下峡》："无数涪江筏，鸣桡总发时。"桡，船桨。

［逢砧（zhēn）］ 听到砧声的意思。砧，指捣衣石，古人穿葛制或麻制的衣服，制作时需在砧上将衣料捣软，以利裁剪和穿着，故李白诗云："长安一片白，万户捣衣声。秋风吹不尽，总是玉关情。何日平胡虏，良人罢远征。"砧声成为思念征人的重要意象。

［踟蹰］ 徘徊不前的样子。秦嘉《赠妇诗》："临路怀惆怅，中驾正踟蹰。"

系中八绝·老病始苏

李贽

名山大壑登临遍，独此垣中未入门。

病间始知身在系，几回白日几黄昏。

——《续焚书》卷五

李贽（1527—1602），号卓吾，又号宏甫，别号温陵居士、百泉居士等，福建泉州人。曾任共城教谕、国子监博士、礼部司务、刑部员外郎、知府等职。万历初辞官，先后在湖北黄安、麻城居住，公开讲学，又曾游历山东、北京等地。万历二十九年（1601），李贽被好友马经纶接至北京附近通州地区别业寓居，次年因"敢倡乱道，惑世诬民"的罪名被诬下狱，自刎于狱中。马经纶依其遗嘱，将他的遗体安葬在通州北门外迎福寺西侧。

题解

李贽七十六岁高龄被捕，他检点平生，表示曾经遍游南北名山大壑，但下狱却还是第一次，本就在老病之中又失去了自由，浑不知已过几昼几夜。诗人所言，是对当时境遇的最直观描写，表达了被诬下狱的郁愤之情。

简注

［系］捆绑，这里指李贽被关押入狱。

［垣］矮墙，此处指监狱的墙。

［几回句］不知道度过了几个白天几个黄昏，指监狱里的生活不辨昼夜。

出塞二首（其二）

戚继光

郁葱千里绿阴肥，涧水萦纡一径微。

鱼为惊钩闻鼓出，鸟因幽谷傍人飞。

江南塞北何相似，并郡桑乾总未归。

惆怅十年成底事，独将羸马立斜晖。

——《止止堂集·横槊稿》卷上

戚继光（1528—1588），字元敬，号南塘，晚号孟诸，卒谥武毅。山东登州（今治蓬莱）人（一说祖籍安徽定远，生于今山东济宁微山鲁桥镇）。明代抗倭名将。著有《纪效新书》《练兵实纪》《止止堂集》等。

题解

此诗应作于隆庆二年（1568）戚继光奉命出任蓟州总兵之后。经过戚继光的整顿，蓟镇兵精城固，"边备修饬，蓟门宴然"。他笔下的塞北与江南同样是绿野千里，郁郁葱葱，鸟飞鱼跃，充满生机，可能与此也有关系。在诗末，戚继光也表达了离乡十年、羸马斜阳的惆怅与疲惫。

简注

［萦纡（yū）］回旋曲折貌。

癸酉除前一日（其一）

陈子龙

亦识他乡意，同时几客愁。

人情趋帝里，春态到幽州。

自失华年去，羞从侠少游。

侧身天下事，寂寂厌无谋。

——《陈子龙诗集》卷十一

作者简介

陈子龙（1608—1647），字卧子，又字懋中，号轶符、海士，晚年自号大樽，松江华亭（今属上海松江）人。崇祯十年（1637）进士。选绍兴推官，后擢兵科给事中，命甫下而京师失守，于是事福王于南京。南京沦陷遁为僧。后又拟结太湖兵抗清，事露被擒，于被械送途中投水自杀。陈子龙青年时期即与夏允彝等组织"几社"，主张文章以气节为重，为人以风节著。其诗为明诗殿军，词尤有名。有《安雅堂稿》《皇明经世文编》等传世。

题解

崇祯六年（1633），诗人客居北京准备第二次参加会试，颇有壮怀，感触百端。除夕前日，京城已有春意，但在一片热闹中，诗人却因自己年华空逝而惘然自失，他不结交那些浑浑噩噩的恶少，努力侧身朝廷，参与天下大事，寂寂无谋是让人无法忍受的。他的同道夏允彝评价说："陈子少好奇负气，迈激豪上，意不可一世。"

简注

［帝里］帝都，首都。

［侠少］这里指出身显贵的恶少年。

［侧身］参与。

［寂寂］无声的意思。《世说新语·尤悔》："桓公卧语曰：'作此寂寂，将为文、景所笑。'既而屈起坐曰：'既不能流芳后世，亦不足复遗臭万载邪！'"

古北口（其四）

顾炎武

雾灵山上杂花生，山下流泉入塞声。
却恨不逢张少保，碛南犹筑受降城。

——《亭林诗集》卷三

横藏煙波飛健體 遠投沙水淺羅禽

文美製衣 清 故雄子寫

作者简介

顾炎武（1613—1682），初名绛，字宁人，后改名炎武，号亭林，世称亭林先生，江苏昆山人。明末清初著名学者，与黄宗羲、王夫之合称"清初三先生"。参加抗清活动失败后，顾炎武孑然一身，游踪不定，足迹遍及山东、河北、山西、河南，遍历关塞，访学问友，"往来曲折二三万里，所览书又得万余卷"。著有《日知录》《昌平山水记》《京东考古录》等。顾炎武在京期间，多次寓居报国寺。清道光二十三年（1843），翰林院编修何绍基、贡生张穆等发起在报国寺西南面修建顾亭林祠，儒臣学士们每年在此自发举行他的春秋佳日祭和生辰祭，还有许多不定期的特祭。这种民众自发的祭祀活动延续了八十多年，成为中国文化史上罕见的现象。

题解

康熙元年（1662），顾炎武北游蓟州，来到密云古北口，有感而发，写下了这首七言绝句。前两句写古北口的景色，雾灵山上杂花丛生，山下流动的泉水犹如发出边塞苍凉的声音。后两句感叹明末没有唐代张仁愿那样能够筑受降城拒敌的名将，最终导致亡国，以此抒发诗人胸中的悲慨。

简注

[雾灵山] 位于北京、天津、唐山、承德四城市之间，为燕山山脉主峰。作者自注："雾灵山在曹家寨边外。嘉靖初，巡抚王大

用欲赂三卫取其山城之，不果。"

　　[张少保] 张仁愿（？—714），本名仁亶，后避唐睿宗李旦讳，改名仁愿，华州下邽（今陕西渭南东北）人。张仁愿曾在朔北修筑三座受降城，以此抵御北方民族大举南侵，死后赠太子少保（《旧唐书》作"太子少傅"）。

　　[碛南] 沙碛（戈壁沙漠）以南，犹言"漠南"。

昌平道中（其二）

屈大均

可怜陵寝地，千里草离离。

二水沙河在，双桥御道移。

水泉边马识，风候野驼知。

亦有城头月，苍苍似汉时。

——《翁山诗外》卷五

屈大均（1630—1696），初名绍隆，字介子、翁山，广东番禺人。明末志士，清初曾与魏耕等进行反清活动，后为僧。其诗效法屈原、杜甫，又自铸伟辞，与陈恭尹、梁佩兰并称"岭南三家"。著有《翁山文外》《翁山诗外》《广东新语》《四朝成仁录》等书，在清朝均为禁书。

题解

这首诗是作者在昌平途经十三陵时所作。在作者眼中，前朝陵寝经历变迁后，已经芳草萋萋，不禁生出黍离之悲，沙河的河水一如往日，但通过双桥的御道已经不是当年的样子。水泉、风物，都要靠边马、野驼来帮助识认，暗指环境发生了巨大的变化。此时只有城头的明月，依然与昔日并无二致。作者的故国之思，隐然表露。

简注

[陵寝地] 即今北京昌平北部的十三陵，自明永乐七年（1409）开始营建，至清顺治初年，先后建造了十三座皇帝陵墓，依次为成祖长陵、仁宗献陵、宣宗景陵、英宗裕陵、宪宗茂陵、孝宗泰陵、武宗康陵、世宗永陵、穆宗昭陵、神宗定陵、光宗庆陵、熹宗德陵、毅宗思陵。

[沙河] 即温榆河的上游，有东沙河、北沙河、南沙河之分，三水分别流至今北京昌平沙河镇境内，汇合为温榆河。

[风候] 风物气候。

渔家傲·秋感

曹贞吉

　　燕市秋来风色改，山围碧玉清凉界。屈指津门多紫蟹，街头卖。天生左手持螯在。　　不信浊醪浇磊块，醉乡更比人间隘。月落屋梁憎老态，浑无赖。虫声四壁愁如海。

——《珂雪词》卷上

作者简介

曹贞吉（1634—1698），字升六，又字升阶、迪清，号实庵、珂雪，山东安丘人。康熙三年（1664）进士，官至礼部郎中。嗜书，工诗文，被誉为清初词坛上"最为大雅"的词家，与顾贞观、纳兰成德共享"京华三绝"之誉，著有《珂雪词》。

题解

这首词是作者客居京城时的作品。上片写北京美好的秋景和持螯饮酒的逸趣，兴味悠然；下片写自己酒醉之后的满腹牢骚，以及浮沉宦海带来的无穷愁绪。两者之间对比强烈，而下片之醉酒牢骚正从上片持螯饮酒来，衔接浑然无迹。

简注

[屈指] 弯着手指头计算。

[紫蟹] 中华绒蟹的一种，形小味美，是天津水产珍品。

[持螯] 手持蟹螯饮酒。《晋书·毕卓传》云："卓尝谓人曰：'得酒满数百斛船，四时甘味置两头，右手持酒杯，左手持蟹螯，拍浮酒船中，便足了一生矣。'"

[浊醪] 浑浊的酒。

[磊块] 喻郁积在胸中的不平之气。

[醉乡] 醉梦之中的地界。唐人王绩作《醉乡记》，幻想了一个"其土旷然无涯，无丘陵阪险；其气和平一揆，无晦明寒暑；其俗大同，无邑居聚落；其人甚精，无爱憎喜怒，吸风饮露，

不食五谷；其寝于于，其行徐徐，与鸟兽鱼鳖杂处，不知有舟车械器之用"的乌托邦。后世以"醉乡"代指酒醉后进入的昏沉境界。

金缕曲二首（其一）

顾贞观

寄吴汉槎宁古塔，以词代书。丙辰冬，寓京师千佛寺，冰雪中作。

季子平安否。便归来、平生万事，那堪回首。行路悠悠谁慰藉，母老家贫子幼。记不起、从前杯酒。魑魅择人应见惯，总输他覆雨翻云手。冰与雪，周旋久。　　泪痕莫滴牛衣透。数天涯、依然骨肉，几家能彀。比似红颜多命薄，更不如今还有。只绝塞、苦寒难受。廿载包胥承一诺，盼乌头马角终相救。置此札，兄怀袖。

——《弹指词》卷下

顾贞观（1637—1714），原名华文，字远平、华峰，亦作华封，号梁汾，江苏无锡人。曾寄身大学士明珠家，与其子纳兰成德交契。贞观工诗文，词名尤著，著有《弹指词》《积书岩集》等，与陈维崧、朱彝尊并称明末清初"词家三绝"。

题解

这首词表达了作者对朋友远谪的深切关怀、同情和慰藉。上片写对友人的问候、同情。下片劝慰好友，并以申包胥救楚和乌头马角的典故，写自己全力相救的赤诚之心。全词表现了朋友之间的真挚情感，通篇如话家常，婉转反复，心迹如见。据说纳兰成德读到此词后，极为感动，向时任大学士的父亲明珠请求，用了五年时间，终于找到机会，帮助吴兆骞获得赦免，回到故乡。

简注

[吴汉槎] 即吴兆骞（1631—1684），字汉槎，江苏吴江人。顺治十四年（1657）举人。因卷入科场案流放宁古塔，居塞外二十余年。其诗词多写塞外景色及怀乡哀怨。著有《秋笳集》八卷。

[宁古塔] 旧城在今黑龙江宁安西海浪河南岸；康熙五年（1666），迁建新城，即今宁安牡丹江边。

[千佛寺] 明万历九年（1581）孝定皇太后建，在北京德胜门北八步口。

[季子] 指吴兆骞。因他有两兄兆宽、兆宫，按伯仲叔季排

列，故称季子。又春秋时吴公子季札为吴王寿梦少子，封于延陵，号延陵季子，汉槎姓吴，故借作此称。

[杯酒] 代指朋友交往。司马迁《报任安书》："趣舍异路，未尝衔杯酒，接殷勤之余欢。"鲍照《代雉朝飞》："握君手，执杯酒，意气相倾死何有。"

[魑魅（chī mèi）择人] 指遭受小人陷害。魑魅，传说中的山神鬼怪。择人，代指诬告陷害。《韩非子》引《周书》："毋为虎傅翼，将飞入邑，择人而食之。"择人，一作"搏人"。

[覆雨翻云手] 形容反覆无常，玩弄手段。

[牛衣] 给牛防雨防寒的披盖物。《汉书·王章传》："初，章为诸生学长安，独与妻居。章疾病，无被，卧牛衣中，与妻决，涕泣。"后以"牛衣对泣"谓因家境贫寒而哭泣。

[包胥（xū）] 即申包胥，春秋时楚大夫，与伍子胥为友。《史记·伍子胥列传》记载，子胥父兄都被楚平王杀害，子胥奔吴，对包胥说："我必覆楚。"包胥云："我必存之。"后吴国用子胥伐楚入郢。包胥入秦求救，在秦廷痛哭七日夜，哀公感其诚，出师救楚。

[乌头马角] 亦说"乌白马角"。乌头变白，马首长角。比喻不可能实现的事情。《燕丹子》卷上："燕太子丹质于秦，秦王遇之无礼，不得意，欲求归。秦王不听，谬言曰令乌头白、马生角，乃可许耳。丹仰天叹，乌即白头、马生角。秦王不得已而遣之。"

愁倚阑令·昌平道中

　　云幂幂，水溅溅，草如烟。行近十三陵下路，敢挥鞭。　　细柳新蒲乍绿，玉鱼金碗依然。一骑捧香寒食日，忆当年。

——《弹指词》卷中

此篇写作者行于昌平道中所感，大约作于康熙六年（1667）。十三陵是明代皇陵，此时距离由明入清近三十年，作者是明末东林党魁首顾宪成的曾孙，生于明崇祯十年（1637），成年后又入仕清朝，所以面对明陵，其心情极为复杂，兴亡之感难以遏制，咏史怀古深寓着作者难以言表的故国之思。

简注

［幂幂］覆盖的样子。

［溅溅］水快速流动的样子。

［敢挥鞭］怎敢挥鞭，即不敢冒犯的意思。

［玉鱼］古代殉葬器物。

［金碗］金制的碗，也是古代贵人常见的殉葬品。杜甫《诸将》："昨日玉鱼蒙葬地，早时金碗出人间。"这里反用其语，说十三陵在清代得到了较好的保护，未遭破坏。

［捧香］指祭祀上香。

金缕曲·赠梁汾

纳兰成德

德也狂生耳。偶然间、缁尘京国，乌衣门第。有酒惟浇赵州土，谁会成生此意。不信道、遂成知己。青眼高歌俱未老，向尊前拭尽英雄泪。君不见，月如水。　　共君此夜须沉醉。且由他、蛾眉谣诼，古今同忌。身世悠悠何足问，冷笑置之而已。寻思起、从头翻悔。一日心期千劫在，后身缘恐结他生里。然诺重，君须记。

——《通志堂集》卷五

作者简介

纳兰成德（1655—1685），原名成德，一度避太子保成讳，改名性德，字容若，号楞伽山人，叶赫那拉氏，清代满洲正黄旗人。因"那拉"又被译为"纳喇""纳兰"，清人常称之为"纳兰侍卫"或"成容若"。成德虽出身贵胄，但自幼好学，屏绝声色犬马之事，康熙十五年（1676）进士，授三等侍卫，官至一等侍卫而卒。性好词学，以北宋诸名家为指归，所与交游皆当时名士，每相与唱和。有《通志堂集》，顾贞观所定。

题解

康熙十五年（1676），顾贞观寄身太傅明珠府中，成德自此与顾贞观结为好友，相互写了不少赠答之词，这首《金缕曲》就是二人道义订交之作。成德在词的开头将自己比作狂生，继而化用李贺《浩歌》"买丝绣作平原君，有酒惟浇赵州土"之句，表示自己有意怜才养士，但世无识者。从词中"蛾眉谣诼，古今同忌"之语看，时人对成德颇有误解，但顾贞观慨然与成德结为知己，令他颇为感动，遂有"一日心期千劫在，后身缘恐结他生里"之语，表达了他心中诚挚的友情。后世论词者都极为赞许此词，郭麐《灵芬馆词话》说："容若专工小令，慢词间一为之，惟题梁汾杵香小影'德也狂生耳'一首，最为跌宕。"

简注

［梁汾］即顾贞观，小传见前《金缕曲二首（其一）》。

[德] 和后文的"成生"均是纳兰成德自谓。

[狂生] 性情狂放的人。《后汉书·仲长统传》："统性俶傥，敢直言，不矜小节，默语无常，时人或谓之狂生。"

[缁 (zī) 尘] 黑色灰尘，常喻世俗污垢。陆机《为顾彦先赠妇 (其一)》："京洛多风尘，素衣化为缁。"

[乌衣] 即乌衣巷，在今南京，东晋南朝时期，王谢等高门贵族多居于此。

[有酒句] 借用李贺《浩歌》："买丝绣作平原君，有酒惟浇赵州土。""赵州土"指的是战国四公子之一平原君的墓地，平原君素好养士，死后虽未葬于赵州 (今河北赵县)，但贵为赵国公子、赵相，后人便称他的坟墓为"赵州土"。

[青眼] 即正眼看人，以瞳孔 (黑眼珠) 正视对方，表示对人的喜爱或尊重，与"白眼"(翻着眼睛看人) 相对。《晋书·阮籍传》："籍又能为青白眼，见礼俗之士，以白眼对之。及嵇喜来吊，籍作白眼，喜不怿而退。喜弟康闻之，乃赍酒挟琴造焉，籍大悦，乃见青眼。"

[蛾眉谣诼] 指正人君子被造谣毁谤。蛾眉，女性美丽的眉毛，代指美人。《楚辞·离骚》："众女嫉余之蛾眉兮，谣诼谓余以善淫。"

[千劫] 佛经称世界从生成到毁灭的过程为一劫，形容时间极长。

[然诺重] 然诺，许诺、答应。李白《侠客行》："三杯吐然诺，五岳倒为轻。"

清平乐·弹琴峡题壁

纳兰成德

冷冷彻夜，谁是知音者。如梦前朝何处也，一曲边愁难写。　　极天关塞云中，人随落雁西风。唤取红襟翠袖，莫教泪洒英雄。

——《通志堂集》卷八

题解

康熙十五年十月，词人途经弹琴峡，秋风苍劲，远望边塞景色，兴亡之感不禁而生，遂作此词。弹琴峡，在昌平西北居庸关内，八达岭南五贵（鬼）头山间。温榆河由北入峡，经过两个曲折后向南流出，水流石罅，声若弹琴。这首词由弹琴峡的水声写起，抒写关塞行役之愁，将苍凉与柔情融为一体，别开生面。

简注

[弹琴峡] 位于昌平西北居庸关内，因水流过山谷的声音宛若弹琴而得名。

[泠泠] 清脆动听的声音。陆机《文赋》：“音泠泠而盈耳。”

[极天] 指天之极远处。

[唤取句] 辛弃疾《水龙吟·登建康赏心亭》：“倩何人唤取，红巾翠袖，揾英雄泪。”表达了壮怀无托、英雄空老，只能使美人拭泪的悲慨。纳兰成德反用其意，说不要让英雄洒下热泪。

密　云

纳兰成德

白檀山下水声秋，地踞潮河最上流。

日暮行人寻堠馆，凉砧一片古檀州。

——《通志堂集》卷五

此诗或为诗人于康熙二十年（1681）九月随康熙帝巡幸近畿时所作，描写了京郊秋景。白檀山下，秋色之中，流水潺潺，夕阳西下，行人投宿馆驿，远处也传来了捣衣声音，虽是肃杀的秋日，却隐含静谧祥和的太平气象。

简注

[白檀山] 旧志记载，位于密云南二十里。

[潮河] 发源于河北丰宁满族自治县，经滦平到古北口，流入北京密云，汇入密云水库。

[堠（hòu）馆] 即馆驿。

[檀州] 古地名，隋开皇十六年（596）分幽州置，治所位于今北京密云东北。

燕京杂诗三首（其一）

郑燮

不烧铅汞不逃禅，不爱乌纱不要钱。
但愿清秋长夏日，江湖常放米家船。

——《郑板桥集·诗钞》

郑燮（1693—1766），字克柔，号板桥，江苏兴化人。乾隆元年（1736）进士，曾任山东范县、潍县知县，后因岁饥为民请赈，得罪豪绅而罢官。此后寓居扬州，以卖画为生，被列为"扬州八怪"之一。

题解

这首诗是雍正三年（1725），郑板桥出游北京时所作，全诗以戏谑的口吻表达了自己的人生追求。他不求长生不老、成佛作祖，也不在意做高官、享厚禄，人生最大的希望是和米芾一样，追求高雅而悠然的艺术生活。

简注

［铅汞］道教以铅、汞炼丹，以求长生不老。

［逃禅］杜甫《饮中八仙歌》："苏晋长斋绣佛前，醉中往往爱逃禅。"本指不守禅门规矩，后被引申为通过参悟佛法逃避世事之意。

［乌纱］官员的乌纱帽，这里代指贪恋权位。

［米家船］宋代著名书法家、画家米芾在江淮发运司任职时，在船上高挂一牌，曰"米家书画船"，宋人黄庭坚《戏赠米元章》诗云："沧江尽夜虹贯月，定是米家书画船。"后世又以"米家船"为名家所藏书画的代称，如明人王时敏《题自画关使君袁环中》云："割取一峰深秀色，可堪移入米家船。"

重阳后五日同裕轩、辛楣游城南万泉寺（其二）

翁方纲

十年食藕处，有寺已无亭。
草径幽能熟，兰襟淡更馨。
雨兼萑苇响，泉带辘轳听。
意在寒林背，西山分外青。

——《复初斋诗集》卷十

翁方纲（1733—1818），字正三，号覃溪，晚号苏斋，直隶大兴（今属北京）人，生于正阳门外罗家井，后曾迁到城南的般若寺胡同（今九湾胡同），乾隆十七年（1752）进士，授编修，后官至内阁学士。翁氏精通金石、谱录、书画、词章之学，论诗创"肌理说"，著有《复初斋诗集》《复初斋文集》《石洲诗话》《小石帆亭著录》等。

题解

重阳过后，诗人约上好友来到昔年曾共同游览的万泉寺。十年不至，寺庙仍在，当年休憩的亭子却已经不见踪迹。小路上杂草丛生，似难觅径，却还是曾经走过的路，兰花盛开，清香沁人心脾，与知己情谊一般无二。雨声和风吹芦苇的声音混响，泉声与辘轳汲水的声音相和，幽趣盎然。诗人和朋友身在丰台，想望着寒林之外的西山，此时应该是分外青翠吧。

大致同时的沈垳亦有《过万泉寺》："禅房不见花木深，雪藕堆盘当瓜茗。出门西望何郁葱，千岩红绿斗情景。"万泉寺雪藕应是当时游人念念不忘的著名美食。万泉寺，始建于金代，以泉水多而著名，明代开始成村，村西现存金中都南城夯土城垣一段，位于今天丰台中部。游赏丰台，看芍药更有盛名，清代以《丰台看芍药》为名的诗很多，例如沈垳："百舌声老月过三，枝头茧栗春尾娑。丰台风光正邀勒，游花冠盖南城南。"宫鸿历："丰宜门坊草桥市，娄尾东皇传甲令。居人种花如种谷，络绎包原无地剩。"
吴士玉："芍药最数东西丰，尚书载酒门生从。风日清酣初破萼，
绣谷十里攒芳丛。"最脍炙人口的当数文坛领袖沈德潜："丰台远近
并栽花，拄杖敲门野老家。随意殿春撝一朵，狂来欲插帽檐斜。"

简注

[裕轩] 即图错布，满洲镶红旗人，字裕轩，号德裕，图色里
氏。著有《枝巢诗草》。

[辛楣] 即钱大昕，字晓征，又字及之，号辛楣，江苏嘉定
(今上海嘉定) 人，乾嘉学派代表人物。

[兰襟] 比喻知心朋友。襟，连襟，代指朋友之间心连着心的
感情。

[萑 (huán) 苇] 芦苇一类的植物。

都门秋思（其三）

黄景仁

五剧车声隐若雷，北邙惟见冢千堆。

夕阳劝客登楼去，山色将秋绕郭来。

寒甚更无修竹倚，愁多思买白杨栽。

全家都在风声里，九月衣裳未剪裁。

——《两当轩集》卷十三

作者简介

黄景仁（1749—1783），字汉镛，一字仲则，号鹿菲子，常州武进（今江苏常州武进）人。黄景仁四岁而孤，家境清贫，少年时即有诗名，但一生穷困潦倒。黄景仁诗多抒发穷愁不遇之情，也有豪壮悲慨或绮丽缠绵的篇章，洪亮吉拟其诗为"咽露秋虫，舞风病鹤"，亦能词。著有《两当轩集》。

题解

乾隆四十二年（1777），在京城获得武英殿书签官这一微职的黄景仁托好友洪亮吉将家眷搬移到京，然而很快就陷入了生活贫困无着的局面。他于这年秋天所写的《都门秋思》四首抒发了"长安米贵，居大不易"的愁思，是他此时生活和思想的真实写照。其中第三首尾联"全家都在风声里，九月衣裳未剪裁"一语，更被推为名句。

简注

［五剧］纵横交错的通达大路。

［北邙］本指洛阳城外的北邙山，达官贵人多葬于此地。后以此泛指墓地。

金缕曲·癸酉秋出都述怀有赋

龚自珍

我又南行矣。笑今年、鸾飘凤泊，情怀何似。纵使文章惊海内，纸上苍生而已。似春水、干卿何事。暮雨忽来鸿雁杳，莽关山、一派秋声里。催客去，去如水。　　华年心绪从头理。也何聊、看潮走马，广陵吴市。愿得黄金三百万，交尽美人名士。更结尽、燕邯侠子。来岁长安春事早，劝杏花断莫相思死。木叶怨，罢论起。

——《龚自珍全集》第十一辑

作者简介

龚自珍(1792—1841)，字璱人，号定盦 (一作定庵)，自称"震旦佛弟子"，浙江仁和 (今杭州) 人。曾多次到京乡试、会试，并在京为官多年。其诗文针对清朝统治逐渐腐朽的局面，主张"更法""改图"，洋溢着爱国热情，被柳亚子誉为"三百年来第一流"。梁启超《清代学术概论》说："晚清思想之解放，自珍确与有功焉。光绪间所谓新学家者，大率人人皆经过崇拜龚氏之一时期；初读《定盦文集》，若受电然。"

题解

这首词作于嘉庆十八年 (1813) 四月，作者由徽州赴京应顺天乡试，未第，八月出都南还，龚自珍难掩心中苍凉悲慨之情，作词述怀。本词上片感慨自己虽文采纵横，却无处施展，只能是"纸上苍生"，在秋雨雁声中狼狈南还。下片笔意一转，抒发自己漫游天下、结交豪杰的豪情壮志，并宣言"来岁长安春事早，劝杏花断莫相思死"，对未来仍抱有相当美好的期望。

简注

[鸾飘凤泊] 自己漂泊无定，兼寓夫妻离别之意。前一年作者始成婚。

[纸上苍生] 指空言无补实际，意犹"纸上谈兵"。明人杨慎《升庵集·李光弼中潭之战》："儒者纸上之语，使之当国，岂不误苍生乎？"

［似春水句］五代南唐宰相冯延巳有《谒金门》词，其中名句云："风乍起，吹皱一池春水。"中主李璟戏之曰："吹皱一池春水，干卿何事？"借指两者不相关涉。

［聊］愿意。

［走马］骑马驰逐之戏。

［广陵］今江苏扬州。

［吴市］指苏州。与扬州均为当时吴越之地的大都会。

［燕邯侠子］燕指古燕国，国都为蓟（今北京）；邯指河北邯郸，赵国都城。古称燕赵之地多侠士，故以代称。

［断莫］千万不要。

［木叶怨］作者自注："店壁上有'一骑南飞'四字，为《满江红》起句，成若干首，名之曰'木叶词'，一时和者甚众，故及之。"木叶，树叶。《楚辞·九歌·湘夫人》："袅袅兮秋风，洞庭波兮木叶下。"

西郊落花歌

龚自珍

出丰宜门一里，海棠大十围者八九十本。花时车马大盛，未尝过也。三月二十六日，大风，明日风少定，则偕金礼部应城、汪孝廉潭、朱上舍祖毂、家弟自谷出城饮而有此作。

西郊落花天下奇，古来但赋伤春诗。

西郊车马一朝尽，定庵先生沽酒来赏之。

先生探春人不觉，先生送春人又嗤。

呼朋亦得三四子，出城失色神皆痴。

如钱唐潮夜澎湃，如昆阳战晨披靡。

如八万四千天女洗脸罢，齐向此地倾胭脂。

奇龙怪凤爱漂泊，琴高之鲤何反欲上天为。

玉皇宫中空若洗，三十六界无一青蛾眉。

又如先生平生之忧患，恍惚怪诞百出难穷期。

先生读书尽三藏，最喜维摩卷里多清词。

又闻净土落花深四寸，冥目观想尤神驰。

西方净国未可到，下笔绮语何漓漓，

安得树有不尽之花更雨新好者，

三百六十日长是落花时。

——《龚自珍全集》第九辑

道光七年(1827)，诗人怀着改革时弊的热望参加进士考试。这首诗是春天他与金应城、汪潭、朱祖毂、龚自谷这几个人同游三官庙时写下的。

诗歌开篇出语奇兀，不同凡响，一反流俗的伤春旧调，"西郊车马一朝尽，定庵先生沽酒来赏之"，表现了诗人的卓然不群。本诗以极度夸饰之笔，铺张凌厉的排比句式，连用七种人间天上的形象来酣畅淋漓地比拟海棠花落漫天遍地、璀璨烂漫的奇观。感情激越，飞扬奔放，迸发着崇高的壮美。

简注

[本] 株。

[钱唐潮] 即钱塘潮。钱塘江入海口的海潮，因为受海水潮汐的影响，有"滔天浊浪排空来，翻江倒海山可摧"之势，非常壮观。

[昆阳战] 东汉光武帝刘秀诛灭王莽集团的一个转折性的战役。23年，刘秀率领数千人和王莽四十万大军在昆阳（今河南叶县）发生激战，当时"大风蜚瓦，雨如注水，大众崩坏号呼"。最后刘秀军以弱胜强。

[披靡] 军队溃败的样子。

[琴高之鲤] 传说战国赵人琴高，擅长鼓琴，浮游冀州、涿郡之间二百余年，后于涿水乘鲤归仙。

［维摩卷］指佛教大乘经典《维摩诘所说经》，它把"无言无说""无有文字语言"，排除一切是非善恶等差别境界，作为不二法门的极致。

己亥杂诗·别西山

太行一脉走蜿蜒，莽莽畿西虎气蹲。
送我摇鞭竟东去，此山不语看中原。

——《龚自珍全集》第十辑

《己亥杂诗》是龚自珍自叙性质的组诗，共315首。己亥为清道光十九年（1839）。王文濡编《龚自珍全集》："此三百十五篇，五花八门，可作年谱、行状读。"阅读作者自注可以看出其中多首关于北京的诗歌，此为其八，其九是《别翠微山》："翠微山在柘潭侧，此山有情惨难别。薜荔风号义士魂，燕支土蚀佳人骨。"这两首都写得很深情，体现了作者对北京依依难舍的生命记忆。

简注

［蝹蜿 （yūn wān）］龙行的样子，形容曲折起伏。

［虎气］雄壮的气势。

烛影摇红·听梨园太监陈进朝弹琴

顾春

雪意沈沈，北风冷触庭前竹。白头阿监抱琴来，未语眉先蹙。弹遍瑶池旧曲，韵泠泠、水流云瀑。人间天上，四十年来，伤心惨目。　　尚记当初，梨园无数名花簇。笙歌缥缈碧云间，享尽神仙福。叹息而今老仆。受君恩、沾些微禄。不堪回首，暮景萧条，穷途哀哭。

——《东海渔歌》卷二

顾春（1799—1877），满洲镶蓝旗人，本为西林觉罗氏，改姓顾，名春，字子春、梅仙，号太清，晚号云槎外史，尝以太清春、太清西林春等自署，是多罗贝勒奕绘（1799—1838，字子章，号太素）的侧福晋。善诗，尤长于词，通绘画、音乐，著有诗集《天游阁集》、词集《东海渔歌》、小说《红楼梦影》，和戏曲《桃园记》《梅花引》。与纳兰成德（即成容若）齐名，有"满洲词人，男中成容若，女中太清春"之称。

题解

这首词写作者在一个萧瑟的雪夜，听曾在宫中当差的太监乐师陈进朝弹琴，引发了无限感慨。词的上片以生动的语言和白描的手法，描述了陈进朝高超的弹琴技艺，以及琴中透露出的哀怨情绪。词的下片又以对比的手法，写出过去宫廷梨园的盛况，以及如今老太监的晚景萧条。其间盛衰消息，正如晚清民国时人郭则沄所言："（顾太清）集中有听梨园太监陈进朝弹琴《烛影摇红》词云云。太清生嘉道间，其经眼盛衰已如此。……内忧外患，纷起迭乘，宫府萧然，迥非承平之旧矣。"

简注

[梨园] 本是唐代都城长安的一个地名，因唐玄宗李隆基在此地教演艺人，后来就与戏曲艺术联系在一起，成为艺术组织和艺人的代名词。清代先后以南府、升平署为宫廷演剧机构，属内务

府，组织宦官学戏，为皇家服务。陈进朝是道光朝前后升平署中重要演员之一，长期出现在各种宫廷演出名单上。

[沈沈] 深沉厚重的样子，通"沉沉"。

[白头阿监] 指老太监。阿监，即宦官。唐人白居易《长恨歌》："梨园弟子白发新，椒房阿监青娥老。"又元人顾瑛《天宝宫词》其十二："只有椒房老宫监，白头一一话开元。"

[蹙（cù）] 皱眉。

[瑶池旧曲] 指宫中繁盛时的曲调。瑶池为传说中西王母的居处，此处指皇宫。

[人间天上] 喻指时势变迁之剧烈。

[穷途哀哭] 道路已经到了尽头，不得不痛哭。《太平御览》引《晋书》曰："阮籍时率意独驾，不由径路，车迹所穷，辄恸哭而反。"

京　师

黄遵宪

郁郁千年王气旺，中间鼎盛数乾嘉。

可怜一炬成焦土，留与东京说梦华。

鸲鹆来巢公在野，鸱鸮毁室我无家。

登城不见黄旗影，独有斜阳咽暮笳。

——《人境庐诗草》卷十

黄遵宪（1848—1905），字公度，广东嘉应（今广东梅州）人，别号人境庐主人。戊戌变法期间署湖南按察使，助巡抚陈宝箴推行新政。黄遵宪尤喜以新事物熔铸入诗，有"诗界革新导师"之称。著作有《人境庐诗草》《日本国志》《日本杂事诗》《己亥杂诗》《己亥续怀人诗》等。

题解

这首诗讲的是光绪二十六年（1900）八国联军侵华，清朝抵抗不力，导致联军攻破北京，入城焚掠，光绪帝与慈禧太后仓皇西逃。庚子之变时，黄遵宪居于嘉应故里，并未亲历其事，诗中所言或得之于士林朋辈。他想象北京城在乱后的惨景，应是繁华尽废、王气消磨，夕阳残照中，笳声四起，似是清王朝灭亡的先声。

简注

［郁郁］《东观汉记·光武帝纪》："望气者言春陵城中有喜气，曰：'美哉王气，郁郁葱葱。'"其说本为东汉时期美化光武帝刘秀"应运而生"的神话，这里代指北京作为清代政治中心的繁华之貌。

［乾嘉］指清代的乾隆、嘉庆两朝（1736—1820），这段时间是清代比较繁盛的时期。

［一炬成焦土］1900年，英、美、德、法、俄、日、意、奥组

成八国联军打进北京城，抢掠之后，还放火烧了户部衙门、颐和园等处。

[留与东京说梦华] 南宋初人孟元老著有《东京梦华录》，是他遭受靖康之变南渡后，追忆当年汴京繁华景象之作。这里巧用书名，意指北京遭受焚劫后繁华不再，只能从故人追述中回忆昔年景象了。

[鸲鹆句] 鸲鹆 (qú yù)，八哥。《左传·昭公二十五年》载，夏季，有鸲鹆在鲁国筑巢，师己引用周文王、周武王时期的童谣："鸲之鹆之，公出辱之。鸲鹆之羽，公在外野，往馈之马……"认为这是鲁昭公将要被赶出鲁国的征兆。这里用此典故，喻指光绪帝被迫西逃。

[鸱鸮 (chī xiāo)] 即猫头鹰，常用来比喻贪婪凶恶之人。《诗·豳风·鸱鸮》："鸱鸮鸱鸮，既取我子，无毁我室。"这里指八国联军打进北京城后百姓涂炭，无家可归。

[黄旗] 指王者之气。《宋书·符瑞志》："汉世术士言：黄旗紫盖，见于斗、牛之间，江东有天子气。"黄旗不见，是王气渐销的隐喻。又晚清以黄龙旗为国旗，登城不见黄旗，亦可理解为清朝丧失了对北京的统治权。

[暮笳] 傍晚时传来的号角声。笳，即胡笳，古乐器，这里引申指号角。笳声悲，晋人刘琨曾吹笳以散胡兵，此言斜阳暮笳，更增悲慨。

出都留别诸公

康有为

两载京华久滞留，无终从此老田畴。

安排行集成千卷，料理芒鞋出九州。

天下英雄输问舍，地中山海遍登楼。

只愁莽莽乾坤大，无处沧浪着钓舟。

——《万木草堂诗集》卷二

康有为 (1858—1927)，原名祖诒，字广厦，号长素，又号明夷、更牲，广东南海 (今佛山南海) 人，近代维新运动领袖。自光绪十四年 (1888) 起，他七次上书光绪帝，在广州创办万木草堂，在京推动维新运动，促成戊戌变法。变法失败后，坚持君主立宪主张。代表作有《新学伪经考》《孔子改制考》《大同书》等。

题解

光绪十四年 (1888)，康有为再一次到北京参加科举考试，借机第一次上书光绪帝，请求变法，受阻未上达。第二年夏天，怀着壮志未酬的愤懑，康有为离开北京。离京前，他写下几首律诗与友人告别，本诗即其中之一。他在诗中宣称，自己今后要学田畴隐居终老，绝意功名，以整理诗文、游历山水自娱。但自颈联起，作者又说，当今天下的达官贵人都是求田问舍之辈，有志之士只能隐居山海，赋咏《登楼》，天下虽大，也不知何处能安放下我所容身的一叶小舟，透露出对时局的不满和无所用世的慨叹。

简注

[两载] 康有为自 1888 年五月入京应试至 1889 年八月出京，在北京居留一年三个月。

[田畴] 诗人以田畴自喻，说自己准备老于乡中，绝意功名。

[芒鞋] 用芒茎外皮编织成的鞋，亦泛指草鞋，是古人漫游的常备用具。

［天下英雄］《三国志·蜀书·先主传》载，曹操对刘备说：
"今天下英雄，唯使君与操耳！"这里以"英雄"代指达官贵人，
有嘲弄意。

［问舍］求田问舍，谓只知买田置屋，没有远大志向。《三国
志·魏书·陈登传》："备（刘备）曰：'君（许汜）有国士之名，
今天下大乱，帝主失所，望君忧国忘家，有救世之意；而君求田
问舍，言无可采……'"

［登楼］汉末文学家王粲，身遭离乱，壮志难酬，作《登
楼赋》。

狱中题壁

谭嗣同

望门投止思张俭，忍死须臾待杜根。

我自横刀向天笑，去留肝胆两昆仑。

——《谭嗣同集·秋雨年华之馆丛脞书》卷二

作者简介

谭嗣同（1865—1898），字复生，号壮飞。湖南浏阳人。生于北京烂缦胡同，少年时在宣南一带生活。早年屡试不第，游学各地。甲午战争后，在浏阳办《湘报》，提倡新学，宣传变法思想。光绪二十四年（1898）入京，授四品卿衔军机章京，参与戊戌变法，失败后从容被捕，当年秋天就义，是"戊戌六君子"之一。梁启超称其"志节、学行、思想，为我中国二十世纪开幕第一人"。所作诗词风格雄健，有《谭嗣同集》。

题解

光绪二十四年（1898）戊戌变法失败后，谭嗣同对劝他逃亡的同志说："各国变法无不从流血而成，今日中国未闻有因变法而流血者，此国之所以不昌也。有之，请自嗣同始。"甘愿就义。被捕以后，他在监狱中写下这首七言绝句。本诗前两句用东汉名士张俭和杜根的典故，表明参与维新变法的仁人志士虽然遭受迫害，但是道义自在人心，并寄希望于逃亡避祸的同志如康有为、梁启超等。"我自横刀向天笑"，表达了自己面对死亡坦然无惧的壮烈情怀。最后则以"去""留"并举，认为无论维新派司仁如何选择，其胸怀都是光明磊落的，如同巍巍昆仑！该年中秋前两日，谭嗣同于北京菜市口英勇就义，其精神影响了其后的几代革命者。

简注

[张俭] 字元节，东汉山阳高平（今山东邹城）人，在任本郡东部督邮时，两度弹劾残害百姓的中常侍侯览，拆毁其家逾制的宅邸、墓葬，侯览指使爪牙以结党叛乱的罪名陷害他，张俭避祸逃亡。因为张俭名声很好，所到之处往往有人冒险收留他，虽事后遭到连累，以致家破人亡而不悔，即所谓"望门投止，莫不重其名行，破家相容……其所经历，伏重诛者以十数，宗亲并皆殄灭，郡县为之残破"（见《后汉书·张俭传》）。这里反用张俭被迫逃亡后受到人们藏匿保护的典故，表示自己不愿逃亡，以免连累他人。

[忍死须臾]《世说新语·雅量第六》："谢太傅与王文度共诣郗超，日旰未得前。王便欲去，谢曰：'不能为性命忍俄顷？'"俄顷，《资治通鉴》作"须臾"。此处即用此典故，指为了生存而作短暂忍耐。

[杜根] 字伯坚，东汉颍川定陵（今河南襄城）人，安帝初举孝廉，为郎中。当时邓太后临朝摄政，他与同僚上书要求太后归政于安帝。太后大怒，令人把上书者装在用丝织物缝成的袋子里，在殿上摔死。执法者因知他的名望，暗中告诉行刑者不要用力。行刑之后，杜根与其他死者尸体一起被运出城外，太后使人检视，杜根装死三日，目中生蛆，因得逃脱，隐身于酒店。邓太后去世后，邓氏被诛，杜根回到家乡，被征召为侍御史。这里以杜根与

太后、外戚斗争，忍死逃脱的典故，表示将希望寄托于逃亡的维新派同仁。

[两昆仑] 指维新派中避难逃亡的和准备牺牲的两类人。变法失败，康有为、梁启超等潜逃出京，以图东山再起，而作者拒绝出奔，准备牺牲。一"去"一"留"，其"肝胆"都光明磊落。一说"两昆仑"指康有为和侠客大刀王五（见梁启超《饮冰室诗话》）。

满江红·小住京华

秋瑾

小住京华，早又是、中秋佳节。为篱下，黄花开遍，秋容如拭。四面歌残终破楚，八年风味徒思浙。苦将侬、强派作蛾眉，殊未屑。 身不得，男儿列。心却比，男儿烈。算平生肝胆，因人常热。俗子胸襟谁识我，英雄末路当磨折。莽红尘、何处觅知音，青衫湿。

——《秋瑾诗文集》卷三

作者简介

秋瑾（1875—1907），初名闺瑾，字璿卿，号旦吾，后改名瑾，号竞雄，别署"鉴湖女侠"，浙江山阴（今绍兴）人，晚清革命家，中国女权和女学思想的倡导者。赴日留学归国后曾创办中国公学、《中国女报》，任浙江大通学堂督办，与徐锡麟等人组织反清活动，被捕后英勇就义。

题解

光绪二十二年（1896），秋瑾嫁给湖南人王廷钧。二十四年前后，王廷钧捐得户部主事一职，秋瑾跟随丈夫到北京。寓京期间，她接受了新思想、新文化，并在当时的形势影响下，立志要挽救国家民族于危亡，追求妇女独立与解放。二十九年，秋瑾与王廷钧矛盾激化，写了这首词。

一年一度的中秋佳节即将来临，菊花盛开，作者却无心欣赏美景，既因思乡之情浓厚，更重要的是感慨清政府的腐败无能和国家被列强环伺朝不保夕的形势，只恨自己因女性身份遭到轻视，无法报效祖国。下片紧承上文，表明自己的胸襟胆识，远胜于一般凡夫俗子，这一腔热血，常为别人而洒。最后忍不住慨叹，茫茫红尘，知音何在，又有谁能理解我的一片苦心呢？百年之后，我们仍能从词中感受到秋瑾壮怀激烈的爱国情怀。

简注

[早又是] 很快又到了。

［如拭］谓秋光明净如擦洗过。沈周《过湖偶书》诗："净碧不可唾，百里借秋拭。"

［四面歌残］楚霸王项羽被困垓下，夜闻汉军四面皆作楚歌，此处代指外国列强对中国的包围和瓜分。

［八年］指作者自光绪二十二年（1896）在湖南结婚起，到作这首词时正八年。

［风味徒思浙］空想家乡浙江的风味。

［侬］我。此处用"侬"字本义，与常见之代指"一般人"或"你"的用法不同。

［蛾眉］女子的眉毛，此处代指女性。

［莽］广阔，旷远。

编后记

蒙 木

　　北京有三千余年建城史，八百余年建都史，作为历史古都和全国文化中心，山川悠远，文脉绵长，是中华文明连续性、创新性、统一性、包容性、和平性的有力见证。这丰富的历史文化遗产，既包括物质的，也包括非物质的，那些优秀古诗文经典已融入中华民族的血脉，构成了我们的基因。所以立足古诗文经典挖掘北京文化内涵，强化"首都风范、古都风韵、时代风貌"的城市特色，是北京市宣传工作的应有之义，也是《艺文北京丛书》的策划初衷。《古代诗歌中的北京》是该丛书中的一种。

　　本书立足普及，精心遴选了中国古代诗歌中的一百一十首名家名篇，其中：魏晋南北朝诗十首，唐诗四十首，宋金元诗三十首，明清诗三十首。作者从魏晋曹植开始到秋瑾，其中：高适四题六首，李白五题五首，陈子昂、张说、王昌龄、杜甫、苏辙、范成大、元好问、汪元量、纳兰成德、龚自珍等各三首。

唐朝及其以前关于北京的诗歌多是以北京风物作为感兴意象来写，像鲍照、杜甫等诗人未必真的来过燕蓟地区，但他们的一些诗篇既有北京相关意象，又对阐释北京文化史非常重要，他们所代表的青春昂扬精神又契合北京地区强大的文化自信，所以一并在收录之列。像宇文招、完颜璹、耶律楚材、萨都剌、迺贤、顾春等人均选一首，是因为他们充分体现了北京多民族文化融合的包容气质，见证着中华民族文化共同体的形成。

本选的主要标准：一是艺术性高，脍炙人口，多是中国文学史绕不开的杰作；一是关于北京文化内涵阐释特有助益，像刘秉忠、文天祥、于谦、杨继盛、李贽、顾炎武、谭嗣同等虽未必以文学名世，但都是讨论北京文化绕不开的存在，所以进入必选行列；适当偏重生于北京长于北京的那些士人们，例如卢照邻、贾岛、耶律楚材、宋褧、李东阳、翁方纲，当然还有大名鼎鼎的纳兰成德、顾春等，以凸显北京文化对中华优秀传统文化的独特贡献。

既然立足北京文化，所以通州、顺义、怀柔、密云、平谷、延庆、昌平、门头沟、房山等地区都要以点带面地有所体现。例如通州，本选包括张翥《早发潞阳驿》、宋褧《通州桥下见诀别者》、王世贞《和合驿》；另外选了傅若金《河西务》，河西务今属天津武清，按照现在行政区划，不在北京辖区，本选希望通过它们带出大运河文化带。戚继光《出塞二首》也未必作于北京，选入它和顾炎武《古北口》等篇目，以期带出长城文化带；同时以李益《幽州赋诗见意时佐刘幕》、刘皂《旅次朔方》、苏辙《奉使契丹二十八首·渡桑乾》等带出西山永定河文化带。另，欧阳修《过塞二首》作于雄州、王安石《入塞》作于涿州，苏辙《奉使契丹二十八首·神水馆寄子瞻兄四绝》大概也作于涿州，选入这些作品，以期反映京津冀一体化的历史渊源。

本书诗歌采用广义概念，选词十三首，散曲一首，限于篇幅，像冯子振〔鹦鹉曲〕《燕南八景》、鲜于必仁〔折桂令〕《燕山八景》等只能在解读中提及而已。

关于北京的诗歌，前人编过《人海诗区》《辽金元宫词》《明宫词》《清宫词》《清代北京竹枝词》《北京风俗杂咏》等，均已作为"北京古籍丛书"出版。本书参考了这些作品。作为一本立足普及的小书，肯定有不少遗珠之憾；时间仓促，释读也未必尽当。把北京文化内涵挖掘的铲斗伸到古诗文领域，权当抛砖引玉，期待专家们进一步完善，以及读者批评。

诗歌正文，突出版本，句读只采用逗点和句点，尽可能保持汉语特有的意涵丰富性；在作者简介与诗歌解读中，精简常见的文艺性赏析，主要侧重阐发该诗篇与北京文化的区域关系，尤其是和现有文化遗存的结合，甚至不惜做点粗浅的考证，以期引发读者进一步探究的兴味。

本书释读由李洪波教授总体把关，其团队具体分工：魏晋南北朝，周晓彦；唐诗，韩丽霞、杨帆、罗兵；宋金元，马蓉、宋春光；明清，罗兵、宋春光等。成稿后，马东瑶教授、王洪波副研究员都提出了很多具体的完善意见。唐晓峰教授、杨璐编审、孙冬虎研究员、李简教授、李鹏飞教授等专家均随时为本项目答疑解惑。谨致谢忱。

主编　马东瑶

注释　宋春光　罗　兵　韩丽霞

　　　　周晓彦　杨　帆　马　蓉

统稿　李洪波　许庆元

编辑　乔天一　李更鑫

国家社科基金重大项目

"中国古代都城文化与古代文学及相关文献研究"

（项目批准号：18ZDZ237）